마왕

14

ORIENTAL FANTASY STORY & ADVENTURE

요도 김남재 신무협 장편소설

dream
books
드림북스

마왕 14

초판 1쇄 인쇄 2017년 11월 17일
초판 1쇄 발행 2017년 11월 27일

지은이 요도 김남재
발행인 오영배
기획 박성인
책임편집 이대용
표지 · 본문 디자인 권지연
일러스트 나래
제작 조하늬

펴낸곳 (주)삼양출판사 · 드림북스
주소 서울시 강북구 도봉로 173
대표 전화 02-980-2112 **팩스** 02-983-0660
편집부 전화 02-980-2116 **팩스** 02-983-8201
블로그 blog.naver.com/dreambookss
출판등록 1999년 3월 11일 제9-00046호

ISBN 979-11-283-9132-3 (04810) / 979-11-313-0507-2 (세트)

드림북스는 (주)삼양출판사의 판타지 · 무협 문학 브랜드입니다.

마왕
14
요도 김남재 신무협 장편소설
ORIENTAL FANTASY STORY & ADVENTURE
dream books
드림북스

목차

1장. 구채구

— 이거 어쩌죠

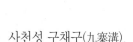

사천성 구채구(九寨溝).

푸르른 숲이 있고 수많은 산들이 자리하고 있는 곳. 쉽사리 접근하기 어려운 산세를 지닌 이 구채구라는 곳은 특히나 아름다운 물로 유명하다.

많은 이들의 눈을 현혹시키는 새파란 물들은 가히 절경이라는 말이 아니고서는 표현할 수가 없다.

황량한 토지 때문에 사람이 살기에는 다소 불편한 이곳에도 많은 이들이 모여서 사는 마을들이 몇 곳이나 존재했다.

그리고 그런 마을들 중 하나, 그곳으로 사람들이 하나둘 모여들기 시작했다.

그들의 정체는 오랜 시간 무림에서 모습을 감췄던 정파의 고수들, 중원 각지에 숨어 있던 그들이 이곳 구채구 인근에 위치한 작은 마을로 모여들고 있었다.

그리고 그 이유는 바로 북천회 호북 지부에서 날아온 하나의 서찰 때문이다.

갑자기 날아든 붉은색의 서찰, 그것은 곧 소집령(召集令)이 떨어졌음을 의미했다.

게다가 인근의 인원들만을 불러 모으는 그런 소집령이 아닌, 중원 곳곳에 자리하고 있는 실질적인 대장 격까지 모두 호출하는 소집령이었다.

그만큼 중대한 소집령을 내릴 수 있는 자는 북천회 내에서도 몇 되지 않는다.

마을 한 곳에 위치해 있는 장원, 그 장원으로 북천회의 인원들이 하나둘씩 들어섰다. 안으로 들어서기 무섭게 그들은 각자의 방으로 안내받았고, 그곳에서 자리한 채로 약속 시간까지 바깥으로는 모습도 드러내지 않고 있었다.

워낙 은밀하게 살아오는 이들이었기에 함부로 외부에 자신들의 모습을 보이지 않기 위함이다.

자그마한 마을이고 북천회의 관리로 외부인들의 출입 또한 관리되는 곳이라 안전한 편인데도 불구하고 혹시나 모를 상황을 대비하는 철두철미함을 보이고 있었다.

마도천하의 시대, 이런 상황에 정파를 일으켜 세우려는 계획을 완성시키기 위해서는 자신들의 존재를 드러내서는 안 됐다.

그렇게 시간이 점점 흘러 마침내 모두가 모이기로 약속한 때인 해시(亥時)가 막 되었을 무렵, 장원의 입구로 일련의 인원들이 모습을 드러냈다.

새하얀 백의에 큰 죽립으로 얼굴을 가리고는 있었지만 몸 주변에서 풍겨져 나오는 기세가 보통 인물이 아님을 말해 주고 있었다.

슬쩍 죽립을 올려 세우며 드러난 그는 나이가 제법 있어 보이는 노인이었다.

그 노인은 바로 북천회의 회주 관천위였다.

그리고 그의 뒤편에 위치하고 있는 십여 명에 달하는 무인들.

그들의 정체는 유령밀부의 수장인 남궁무를 비롯한 여러 문파의 고수들이었다.

그리고 그런 그들에게 호위를 받는 것처럼 가운데에 위치한 젊은 사내, 바로 비설을 대신하여 관천위가 몰래 키워 온 자신의 손자이자 새로운 비밀 병기인 관하경이었다.

관하경은 여전히 자신만만한 미소를 머금고 있었고, 그런 그의 옆에는 갓 스무 살이 넘었을 법한 아리따운 여인이 하나 자리하고 있었다.

종남파 장문인의 조카이자 섬서 최고의 미녀라고까지 불리는 은예홍(恩霓虹)이라는 여인이었다.

은예홍은 관하경의 옆에 딱 달라붙어 웃음 짓고 있었다.

사람들은 알지 못했지만 이 은예홍이라는 여인은 아주 오래전에 관하경과 비밀리에 혼인을 약속한 사이다.

관하경은 은예홍이 마음에 들었다.

그녀와 혼임을 함으로써 종남파를 같은 편으로 끌어들일 수 있고, 또한 이토록 어여쁜 여인이라는 것도 좋다.

목적을 위해서는 마음이 없는 혼인도 불사할 수 있었지만 이왕이면 다홍치마가 아니던가.

권력과 미모, 이 두 가지를 모두 가지고 있는 여인이라는 점이 관하경에겐 무척이나 매력적으로 다가왔다.

은예홍이 관하경에게 속삭였다.

"오라버니, 여긴가 봐요."

얼굴뿐만이 아니라 목소리도 곱디고운 그녀의 모습에 관하경은 내심 만족스러운 속내를 감추며 그저 사람 좋은 웃음만 내비쳤다.

"그러게. 먼 길 오느라 고생했구나, 홍아야."

"고생은요. 오라버니와 함께해서 좋기만 했는걸요."

쑥스럽다는 듯 웃는 그녀를 보며 관하경 또한 입가에 미소를 내걸었다.

그동안 숨어만 살아왔던 삶이 오늘을 기점으로 해서 변할 것이라는 걸 관하경은 잘 알고 있었다. 거기다가 이토록 아름다운 여인까지…… 세상 모든 걸 다 가진 것 같아 관하경은 실로 즐거웠다.

남은 건 단 하나, 자신을 대신하여 북천회의 정신으로 살아왔다는 그 비설이라는 여인을 밀어내는 것뿐이다.

그리고 그 자리에 자신이 오르는 것, 그것이 바로 관하경이 원하는 일이었다.

관하경이 단순히 좋아하는 것과는 달리 관천위는 보다 복잡했다.

오는 내내 신경 쓰였던 건 바로 오늘 이 소집령을 내린 대상이었다.

비설을 제거하기 위해 움직이고 있던 자신이다.

그런데 갑자기 비설이 사라지고 소집령이 내려졌다. 회주임에도 불구하고 이번 소집령을 내린 게 누군지는 알 수가 없었다.

비밀을 유지하기 위해 워낙 점조직으로 움직이는 탓이다.

그랬기에 관천위는 선택을 해야만 했고, 결국 그는 관하경을 드러내기로 결단을 내렸다. 오늘 이 자리에 비설이 나타날 수 있음을 잘 알기에.

'가능하면 비설을 제거하고 드러내려 했거늘……'

보다 쉽게 일을 해결하려 했지만 상황이 그리 돌아가지 않았다.

일이 이렇게 된 이상 관천위 또한 다른 수를 준비해야만 했다.

관천위에게 관하경이라는 손자가 있다는 건 알려진 사실이나, 그가 어떠한 인물인지 아는 사람은 드물었다.

관천위가 꽁꽁 감춰 둔 탓이다.

손자인 그에게 비설과 똑같은 방식으로 수많은 영약들을 먹였고, 각 문파의 비전절기들을 익히게끔 비밀리에 도왔다.

비설에게 위험하고 어려운 임무를 맡기면서 시간을 최대한 끌다가 마침내 결단을 내린 지금, 그간 몰래 실력을 키워 왔던 관하경을 모두의 앞에 내놓으려 하는 것이다.

북천회에는 비설 말고, 이런 사내도 있다는 사실을 이 자리를 빌려 모두에게 공고히 하려는 것이 관천위의 목적이었다.

관천위는 잠시 장원을 바라보다 이내 안쪽으로 발걸음을 옮겼다.

장원 안으로 들어선 그에게 사람 하나가 붙었다.

일을 하는 하인처럼 보였지만 그 또한 북천회의 무인이다.

그가 회주인 관천위를 알아보고 공손히 인사를 건넸다.

"오셨습니까?"

"다른 분들은 다 오셨는가?"

"예, 오늘 도착하시기로 한 분들은 이미 다 도착하셔서 회의장에서 회주님을 기다리고 계십니다."

정식 회의는 이틀 후였지만, 술자리를 빙자한 짧은 만남이 준비되어져 있는 상황이었다.

"알겠네. 그럼 그리로 안내해 주게."

관천위의 말에 사내는 그 일행을 이끌고 장원 내부에 숨겨져 있는 비밀 회의장으로 안내했다.

창고로 보이는 문을 들어가, 그곳에 있는 비밀 통로를 통해 이동한 장소에는 이미 많은 이들이 자리하고 있었다.

그리고 그들 앞에는 단출한 술상들이 준비되어져 있었다.

수십 명의 사람들의 시선이 막 들어서는 관천위와 그의 일행에게로 향했다. 회주인 그를 알아본 이들이 자리에서 일어섰다.

이 비밀 회의장에 자리하고 있는 이들.

그들을 하나하나 면밀히 살펴보면 실로 놀라운 신분의 인물들이었다. 음지에 숨어서 살고 있는 구파일방, 오대세가를 비롯한 정파의 큰 잔존 세력들의 수장들이 가득하다.

한때는 무림맹이라는 이름하에 뭉쳤던 이들.

막 회의장에 들어서서 걸음을 옮기려던 그들에게 누군가가 다가왔다.

"회주, 오셨소이까?"

가장 먼저 인사를 건네는 이는 나이가 제법 있어 보이는 늙은 승려였다.

이 승려가 바로 소림의 일현 대사.

유일하다시피 간판을 대놓고 유지하고 있는 건 소림사뿐이다. 물론 무림의 문파라기보다는 하나의 절로 근근이 명맥을 이어 가는 것뿐이다.

현 소림사의 방장은 현화라는 인물로 알려져 있다.

그렇지만 그것은 눈속임에 불과했다.

진짜 소림의 방장, 그건 바로 이곳에 자리하는 있는 일현이었다.

대외적으로는 현화가 방장 역할을 하고 있었지만 내부적인 모든 결단을 내리고, 숨어 있는 소림의 무승들을 이끄는 것이 바로 일현이다.

그리고 일현 또한 북천회 내에서 작지 않은 힘을 지니고 있다.

소집령을 내릴 수 있는 몇 안 되는 인물 중 하나가 바로 이자다.

소집령을 내린 것이 당신이냐고 당장에라도 캐묻고 싶었

지만 관천위는 먼저 예를 갖춰 그에게 인사를 건넸다.

"오랜만이오, 일현 대사. 그간 잘 지내셨소?"

"허허, 지금 같은 시대에 어찌 잘 지낼 수 있겠습니까. 그저 열심히 살기 위해 아등바등하고 있을 뿐이지요. 아미타불."

말을 마친 일현 대사의 시선이 슬쩍 관천위의 뒤편에 있는 이들에게로 향했다. 대부분이 아는 얼굴이었지만 그 사이에는 초면인 이들이 자리했다.

관하경과 은예홍이다.

일현 대사가 조심스레 물었다.

"그나저나 못 보던 젊은 시주가 두 분이나 계시는데……."

관천위는 기다렸다는 듯이 재빠르게 말을 받았다.

"아, 이런. 소개가 늦었소. 이 젊은 여인은 종남파 장문인의 조카인 은예홍 소저요. 그리고 이쪽이…… 내 손자요."

"오호, 회주님의 손주분이시라고요?"

일부러 들으라는 듯 크게 말한 탓에 비밀 회의장에 모여 있는 이들 중 그 이야기를 듣지 못한 이는 없었다.

자리에 모인 모두의 시선이 관하경에게로 향했다.

관하경이 기다렸다는 듯 앞으로 걸어 나와 포권을 취하며 자신을 소개했다.

"많은 무림의 선배님들께 인사 올립니다. 관하경입니다."

힘 있게 자신의 이름을 밝히는 그를 향해 많은 이들이 고개를 끄덕였다. 한눈에 봐도 알 수 있을 정도로 비범함이 느껴지는 사내였기 때문이다.

지금의 정파에게 가장 필요한 것은 미래를 이끌어 나갈 재목이다.

음지로 숨게 되면서 그런 재목들을 찾기 어려운 지금 회주의 손자인 관하경이라는 인물은 무척이나 걸출해 보였다.

인사를 건네는 관하경을 바라보던 중년의 사내.

덥수룩한 수염에 키는 작지만 날카로운 눈동자를 지닌 사천당문의 당천묵이 물었다.

"종남파 장문인의 조카분과 회주님의 손자분의 사이가 보통 사이는 아닌 듯싶군요."

"허허, 역시 당 가주의 눈은 못 속이겠군. 맞네, 이 둘은 혼인을 약속한 사이일세."

관천위는 별거 아니라는 듯이 말하고 있었지만 내뱉는 모든 이야기들 속에 정치적인 요소들이 담겨 있었다.

지금 그는 은근히 드러낸 것이다. 자신과 종남파가 한배를 타기 시작했다는 사실을.

혼인을 약속한 사이라는 말에 많은 이들이 박수를 치며 둘을 축하했다.

정파의 미래를 이끌어 나갈 재목들의 만남은 새로운 미래를 꿈꾸는 그들에게는 축복과도 같았다.

당천묵이 은근히 눈을 빛내며 캐물었다.

"그나저나 어쩐 일이십니까? 그동안 그리 꽁꽁 싸매고 보여 주지 않으시던 손자분을 이리 공적인 자리로 데리고 오실 줄은 몰랐습니다."

"많이 모자란 녀석이라 여겨, 이곳에 자리한 많은 분들의 눈에 들 정도로 성장할 때까지 보이지 않았다네."

"그 말은…… 이제는 보여 줘도 될 정도가 됐다는 말로 들어도 될는지요?"

물어 오는 당천묵을 잠시 바라보던 관천위의 시선이 다른 이들에게로 향했다.

오늘 이 자리에 참석한 가장 큰 목적, 자신의 손자인 관하경의 존재를 모두의 뇌리에 각인시키기 위함이다.

관천위가 자신만만한 미소를 머금은 채로 고개를 끄덕였다.

"물론이네."

"오호, 자신감이 대단하십니다, 회주."

"자랑은 아니네만 재능이 아주 뛰어나. 저 나이 때의 나를 훨씬 뛰어넘는 능력을 지녔다네."

"그 말이 사실입니까? 회주님의 능력이야 그 당시에도

손꼽힐 정도로 뛰어나지 않으셨습니까."

"허허, 이거 손주 자랑인 것 같아서 말하기 쑥스럽네만
이 녀석이 벌써……."

말을 이어 가던 관천위의 목소리가 점점 잦아들었다.

자신을 바라보던 많은 시선들이 뒤쪽으로 향하고 있음을
눈치챘기 때문이다. 그리고 이어 들려오는 목소리.

"다들 오랜만일세."

가장 듣기 싫어하는 목소리에 관천위의 표정이 확 구겨
졌다.

도재하, 그의 목소리가 분명했다.

그렇지만 도재하보다 더욱 큰 시선을 받고 있는 건 그와
함께 나타난 한 여인이었다.

너무나 아름다운 외모가 우선 시선을 잡아 끈다.

하늘하늘한 옷차림에 한없이 여린 몸매. 그렇지만 그 자
그마한 몸으로 정파의 수많은 절기들을 익힌 뛰어난 기재.

북천회의 정신이라 불리는 자신들의 희망.

비설 그녀가 모습을 드러낸 것이다.

그런 그녀를 바라보던 이들 중 하나가 자신도 모르게 감
탄한 표정으로 중얼거렸다.

"……저분이시군."

비설의 등장에 회의장 내부가 술렁였다.

정파의 핵심 인물들이지만 그런 그들 중에서도 비설의 모습을 직접 본 이는 그리 많지 않았다. 어릴 때부터 도재하와 몇몇 스승들에게서 무공을 사사하고, 그 이후에는 임무를 위해 무림으로 나섰다.

당연히 공적인 자리에도 거의 얼굴을 비칠 기회가 없었기에 직접적으로 비설을 보는 게 이번이 처음인 이들 또한 많았다.

관천위의 손자인 관하경에게 쏟아졌던 관심을 단번에 빼앗아 가 버릴 정도의 존재감.

자신을 향했던 시선들이 거짓말처럼 사라진 걸 느낀 관하경은 불쾌한 듯 살짝 이마를 찡그리며 뒤편으로 고개를 돌렸다.

그리고 그쪽으로 시선을 돌렸던 그는 다시 한 번 충격을 받은 듯이 눈을 크게 치켜떴다.

화려한 장신구 하나 없다.

수수하고, 깔끔하다.

등 뒤에 자색의 검집을 찬 간단한 무인의 복식이거늘 세상 그 무엇을 걸친 여인보다 아름답고, 시선을 잡아 끈다.

비설은 자신을 향한 시선에도 일말의 흔들림 없이 예를 갖췄다.

"북천회 영(靈), 비설. 많은 무림의 선배님들께 인사드립니다."

그런 그녀를 향해 쏟아지는 수많은 시선들.

그리고 그 시선들 속에는 관하경의 것도 있었다.

그는 믿을 수가 없다는 듯 자신의 두 눈을 비볐다. 세상에 저토록 아름다운 여인이 존재할 수 있다는 사실이 믿기 어려울 지경이다.

멍하니 비설을 바라보던 관하경은 자신의 옷자락을 흔드는 손길에 옆으로 고개를 돌렸다. 그곳에서는 마찬가지로 눈을 빛내며 비설을 바라보고 있는 은예홍이 있었다.

그녀가 신기하다는 듯이 말했다.

"오라버니, 저 소저가 북천회의 정신이라 불리는 그 사람이죠? 나랑 나이 차이도 얼마 안 나 보이는데……."

그토록 예쁘다고 생각하고 자랑스러웠던 자신의 배필이 갑자기 한없이 초라하게 보이기 시작했다.

그리고 동시에 맘에 들었던 얼굴도, 심지어 목소리까지도 불쾌하게 느껴졌다.

……짜증이 치밀었다.

'모자라. 너무 모자라. 난 최고의 자리에 오를 사내가 아니던가. 그런 내 옆에…… 최고의 여인이 있어야 하는 법이지.'

욕심이 나기 시작했다.

최고의 사내를 더욱 빛나게 해 줄 수 있는 저 비설이라는
여인이.

좌중을 향한 짧은 인사를 끝마친 비설의 시선이 천천히
한곳으로 향했다. 그리고 그곳에서 마찬가지로 자신을 바
라보던 관천위와 시선이 마주쳤다.

'건방진 것.'

관천위는 불쾌한 속내를 감추고 오히려 미소로 그녀를
반겼다.

"오랜만일세."

나이 차는 많이 났지만 비설은 북천회의 특별한 존재. 아
무리 회주인 그라고 해도 함부로 대할 수 있는 인물이 아니
었다.

실질적인 지위는 회주 바로 다음이라 해도 과언이 아닌
그녀, 거기다 그 뒤에는 북천회에서 가장 많은 이들을 거느
린다고 알려진 도재하가 있다.

비설 또한 그런 관천위를 향해 웃는 얼굴로 화답했다.

"건강해 보이시네요. 보기 좋아요."

"허허, 그런가? 다른 사람도 아닌 영께서 그리 말해 주
니 기분이 좋군."

영(靈)은 비설을 부르는 호칭이다.

북천회의 정신, 영혼이라 하여 그녀에게 따로 붙는 특별한 칭호다.

서로 덕담을 주고받았지만 둘 사이에는 묘한 신경전이 흐르고 있었다. 관천위는 비설을 죽이려고 했고, 그녀 또한 그 사실을 알고 있다.

어찌 사이가 좋을 수 있겠는가.

비설과 도재하가 나타나자 관천위는 이 소집령을 누가 내린 것인지 더는 궁금해하지 않았다. 소림사의 일현의 짓인가 잠시나마 생각했지만 이 둘을 본 이상 고민할 이유가 사라졌다.

분명 이 둘 중 하나일 테니까.

짧게 비설과의 인사를 마친 관천위가 시선을 옆으로 돌려 그녀의 뒤편에 자리하고 있는 동년배의 인물을 응시했다.

도재하, 언제나 관천위에게는 눈엣가시와도 같은 존재.

이자가 있었기에 관천위는 북천회의 회주이면서도 항상 이인자의 삶을 살고 있다. 심지어 일부의 사람들은 도재하가 실질적인 회주이고, 자신은 그저 그가 껍데기뿐이라고 떠들어 대기도 했다.

물론 세월이 많이 지난 지금은 그런 말은 많이 수그러들긴 했지만……

무척이나 싫어하는 인물이지만 지금은 모두가 보는 앞이었다. 그랬기에 관천위가 오히려 도재하에게 다가가 그의 양손을 덥석 잡고는 그를 반갑게 맞았다.

"이 친구 정말 오랜만이군그래. 연락 좀 하라니까. 얼굴 잊어버리겠어."

절친한 지기를 정말 오랜만에 만난 것처럼 관천위는 즐거워 보였다.

허나 이런 미소 뒤에 숨겨진 관천위의 진짜 모습을 잘 아는 도재하의 입장에서는 그의 가식적인 모습에 실소가 흘러나올 것만 같았다.

마음 같아서는 당시 비설을 죽이려 했던 일을 당장이라도 들추고 싶었지만 그는 꾹 참았다.

아직은 때가 아니었으니까.

"그럴 걸 그랬어. 자네가 이리도 좋아할 줄 알았다면 말이야."

미소를 띤 도재하가 은근 가시 돋친 말을 뱉어 냈다.

다른 사람이라면 모를까 관천위는 그의 말 속에 담긴 가시를 느끼고 있었다. 그걸 알면서도 그 또한 웃음으로 도재하의 말에 화답했다.

서로 상대를 탐탁지 않아 하고 있지만 그렇다고 해서 대놓고 싸움을 벌일 수도 없는 상황. 둘의 싸움이 단순히 개인 간의 일로 끝나지 않음을 두 사람 모두 알고 있었기 때문이다.

둘의 싸움은 회주파와 반회주파의 전면전이나 다름없다.

관천위가 도재하의 옆에 선 채로 친근하니 말을 걸었다.

"오랜만에 만났는데 술 한 잔 어떤가? 친구."

"흐음…… 나도 그랬다면 참으로 좋았겠지만 아쉽게도 오늘은 힘들 것 같군. 여기까지 오는 여정이 좀 힘들어서 오늘은 좀 쉬고 싶군그래. 자네의 초대는 다음으로 미뤄도 괜찮겠지?"

"물론이지. 우리가 어디 하루 이틀 보고 말 사이인가. 된다면 내일이라도 당장 자리를 마련함세."

"이해해 줘서 고맙네. 그럼 인사는 끝났으니 나와 비설은 물러나도록 하지."

말을 마친 도재하는 다른 여타의 인물들에게로 시선을 돌렸다. 그러고는 짧게 포권을 취해 보이며 오늘은 이만 쉬러 가겠다는 뜻을 표명했다.

그러고는 곧바로 비설만을 데리고 그 자리를 떠났다.

그렇지만 잠시 모습을 드러냈던 도재하가 자리를 비우자 그 파장은 주변으로까지 이어졌다. 회의장에 있었던 인원들 중 절반 이상이 슬그머니 일어나서 자리를 뜬 것이다.

아마도 도재하와 따로 만나기 위해 움직인 것이 분명했다.

시끌시끌했던 비밀 회의장에 거짓말처럼 정적이 감돌았다. 아직까지 자리에 남아 있는 이들도 있었지만 그 숫자는 아까의 반의반조차 되지 않았다.

더군다나 그들 또한 지금의 이 분위기가 불편했는지 눈치만 살피고 있었다.

'망할 새끼……'

관천위는 분노가 치밀었지만 애써 무덤덤한 척하며 옆에 있는 관하경을 툭툭 쳤다.

비설에게 정신이 팔려 있던 관하경은 그제야 정신을 차리고 관천위를 따라 아직 자리에 남아 있는 이들에게 하나씩 인사를 하기 시작했다.

"관하경입니다. 앞으로 잘 부탁드립니다."

포권을 취하는 관하경, 그렇지만 그의 신경은 온통 비설에게 향해 있었다.

*　　　　*　　　　*

구채구 한편에 위치한 사람이 접근하기 힘든 마을.

북천회의 비밀 회의장이 있는 그곳 주변으로 수백 명의 무인들이 동원된 커다란 보호진이 형성됐다. 혹시 모를 외부인들을 막기 위해서다.

그리고 이 보호진은 회의가 끝날 때까지 유지될 예정이었다.

보호진이 펼쳐지자 방 안에만 웅크리고 있던 북천회의 무인들은 마을 내부 정도는 자유로이 다닐 수 있게 됐다.

만약 정체 모를 이가 마을 인근에 모습을 드러내면 보호진을 펼치고 있는 무인들에게서 연락이 올 테니 자신들의 모습이 드러날 위험성 또한 적기 때문이다.

봄이 찾아온 구채구는 가히 절경이었다.

수없이 떨어져 내리는 폭포수나, 비취색처럼 영롱한 빛을 띠고 있는 물까지.

피어오르기 시작한 푸르른 잎사귀들이 사방에 가득한 이곳 구채구에 시원한 바람이 밀려왔다. 그리고 그 바람을 맞으며 관하경은 걷고 있었다.

그리고 그런 그의 옆에는 약혼녀인 은예홍이 자리했다. 그녀는 처음 보는 구채구의 신비한 모습에 흠뻑 빠졌는지 눈을 빛내며 뭔가를 자꾸 떠들어 댔다.

그렇지만 그런 그녀의 말을 관하경은 듣는 둥 마는 둥 하며 대충 대답하고 있었다.

그도 그럴 것이 비설을 만난 이후 그녀에 대한 자랑스러움은 사라졌고, 귀찮다는 생각만이 밀려들었기 때문이다.

이 여인을 선택한 것 자체가 애정이 있어서가 아니었다.

그저 자신을 빛내 줄 여인이라 생각했기에 선택했다. 그런데…… 그보다 더욱 자신에게 어울릴 비설이라는 여인을 알게 됐다.

몇 배는 더 아름다운 보석이 있음을 알게 되자 은예홍에 대한 관심은 거짓말처럼 사라졌다.

옆에서 조잘거리는 은예홍을 바라보던 관하경이 슬쩍 미간을 찡그렸다.

'시끄럽네.'

신이 나서 이야기를 하는 저 입을 틀어막고 싶은 심정이다.

그래도 종남파 장문인과 연관이 있는 여인이기에 애써 참고는 있었지만 관하경은 이미 그녀에 대한 관심이 식어 버렸다.

그런 사실을 까맣게 모르는 은예홍은 오늘따라 심드렁한 그의 태도에 걱정스레 물었다.

"오라버니, 어디 안 좋아요? 뭔가 평소보다 기운이 없어 보이는데……."

"아아. 아무래도 먼 길도 오고 많은 분들 앞에 처음으로 모습을 드러내다 보니 은근 긴장됐나 봐. 몸 상태가 영 아니네."

"그래요? 그럼 이만 들어갈까요?"

그녀의 제안에 기다렸다는 듯 관하경이 고개를 끄덕였다.

쓸데없이 이런 곳에서 은예홍과 시간을 보내기보다는 방에서 혼자 쉬는 것이 훨씬 더 좋다 여긴 탓이다. 그렇게 은예홍과 함께 자신의 거처로 돌아가던 관하경은 이내 멀리에 위치한 폭포 쪽에 자리하고 있는 한 여인을 발견했다.

그리고 그 여인을 발견하는 순간 관하경의 구겨져 있던 표정이 일순 만개하듯 펴졌다.

폭포를 바라보며 서 있는 여인은 다름 아닌 비설이었으니까.

그녀를 확인하는 순간 관하경은 뛰는 자신의 심장을 주체할 수 없었다. 그리고 결국 그는 결심을 내렸다.

관하경이 은예홍의 어깨를 두드렸다.

"홍아, 먼저 들어가 있어. 잠시 가 봐야 할 곳이 있어서."

"몸 안 좋다면서 갑자기 어딜 가신다고……."

"아주 중요한 일이니까 먼저 가 있으라면 되묻지 말고 그냥 그렇게 해."

다소 날카로워진 목소리로 쏘아붙이는 관하경의 말에 그녀는 고개를 끄덕였다.

"그럼 들어가."

말을 마친 관하경이 곧바로 은예홍의 앞에서 사라졌다.

비설은 홀로 자리하고 있었다.

점심 식사를 마치고 주변 산책도 할 겸 바람을 쐬러 나온 그녀는 구채구의 신비한 모습을 멍하니 바라보고 있었다.

떨어지는 폭포를 목전에 두고 올려다보던 비설이 나지막이 중얼거렸다.

"예쁘네……."

곳곳에 있는 폭포수들이 시원하게 쏟아져 내리고 있다. 봄이 만개한 세상을 바라보던 비설은 작년 이맘때쯤이 생각났다.

그때 자신의 옆에는 혁련휘가 있었다.

학관에 입관한 지 얼마 되지 않았던 그때만 해도 이토록 그가 자신에게 소중한 사람이 될 거라 생각하지 못했다.

그저 자신이 여인이라는 걸 들키지 않기 위해 찰거머리처럼 들러붙어 댔는데…… 이제는 그때보다 더 진득하게 옆에 붙어 있고 싶다.

폭포가 쏟아져 내리는 옆, 그 근처에 위치한 돌 위에 걸터앉은 그녀는 신발을 벗은 채로 발을 물속에 담갔다.

참방참방.

물장구와 함께 튀어 오르는 물방울들.

햇살에 반사되며 더욱 영롱하게 빛나는 물방울들에 시선을 주면서도 비설의 머릿속엔 혁련휘의 생각만이 가득했다.

'잘 지내세요, 형님?'

그의 곁을 떠난 지 어느덧 꽤나 시간이 흘렀다.

비설은 깨끗한 물을 바라보며 그곳에 비치는 자신의 얼굴을 확인했다.

혁련휘를 떠올리는 것만으로도 입가에 머금어져 있는 미소, 그걸 보고 있자니 그녀는 절로 한숨이 흘러나왔다.

"하아."

벌써 이렇게 힘들어서야 남은 시간을 어찌 버틸지 걱정이 치민다. 비설이 고개를 절레절레 저었다.

'아주 단단히 빠졌구나, 설아.'

자기는 이렇게 매일 그를 생각하는데, 혁련휘는 과연 어떨까? 하루에 조금이라도 자신을 생각할까? 아니면 자신처럼 종일 상대에 대한 생각에 즐겁다가, 슬펐다가를 반복할까.

너무 궁금했다.

혹시나 자기만 이렇게 끙끙 앓고 있는 건 아닌가 하고 생각하자 억울하다는 생각이 들 정도로.

'만나면 꼭 물어봐야지. 내 생각 하루에 몇 번이나 했냐고.'

아마도 무뚝뚝한 혁련휘의 성격상 별다른 대답을 듣지 못할 공산이 컸지만…… 그래도 상관없다. 자신은 말할 거니까.

너무나 보고 싶었다고.

온종일 형님만을 생각했다고.

아름다운 구채구의 경치를 보고 있자니 비설은 언젠가 이곳에 혁련휘와 함께 오고 싶다는 생각에 잠겼다.

그렇게 물가에 발을 담근 채로 떨어지는 폭포수를 바라만 보던 비설, 그런 그녀가 천천히 입을 열었다.

"숨어서 다가오는 건 싫어해서요. 누군지 모르겠지만 그만하시죠."

허공에 대고 말하는 비설의 그 소리에 거짓말처럼 그녀의 뒤편에서 관하경이 모습을 드러냈다. 그는 은예홍에게 가 보라고 말한 직후 곧바로 비설을 향해 달려왔던 것이다.

은밀하게 기척을 감춘 채로.

모습을 드러낸 관하경은 적잖이 놀란 상황이었다.

지금 그는 마음먹고 자신의 기척을 감췄다. 그 어떠한 살수보다 은밀하다고 자부할 수 있을 정도로. 그런데 그런 자신의 존재를 알아차렸다.

'……볼수록 맘에 든단 말이야.'

외모와 북천회 내부에서 지니는 상징성, 그리고 그 뛰어난 무공 실력까지. 하나하나 알아 갈수록 너무나 매력적인 여인이다.

모습을 드러낸 관하경이 웃는 얼굴로 입을 열었다.

"이런, 불쾌감을 드렸다면 죄송합니다. 기척을 죽이고 다니는 게 습관이 돼서요."

목소리가 들리고 나서야 비설은 상체를 돌려 뒤편에 위치한 상대를 바라봤다. 그리고 뒤편에 있던 자가 관천위의 손자인 관하경이라는 걸 확인하고는 딱딱한 말투로 물었다.

"당신은…… 회주님의 손자분 아니신가요?"

"기억하시는군요."

대답과 함께 성큼 다가온 그가 비설의 옆자리를 가리키며 물었다.

"물이 시원해 보이는데 저도 앉아도 되겠습니까?"

질문을 하면서 관하경은 미소를 지어 보였다.

질문을 빙자하고 있지만 그녀가 수락할 거라고 그는 자신하고 있었다. 그리고 예상대로 비설은 고개를 끄덕였다.

"그러세요."

대답이 떨어지자 관하경은 속으로 쾌재를 불렀다.

그러고는 곧바로 그가 자리에 앉으려고 몸을 굽히고 있을 때였다.

반대로 비설이 물가에 담그고 있던 발을 꺼내며 벌떡 일어나서 신발을 신기 시작했다.

엉거주춤한 자세로 앉은 것도, 선 것도 아닌 모습을 한 관하경이 당황한 듯 물었다.

"갑자기 신발은 왜……."

"왜긴요. 가려고요."

"……가신다고요?"

"시원해 보이신다면서요. 발 담그고 쉬세요. 전 가 볼 테니까요."

말을 마친 비설은 망설이지 않고 몸을 돌려 걸어가기 시작했다. 그런 그녀의 생각지도 못한 반응에 잠시 멍하니 서 있던 관하경이 정신을 차리고 황급히 다가갔다.

그가 다급히 소리쳤다.

"잠시만요!"

"……무슨 일이시죠?"

비설은 자신의 앞을 가로막은 관하경의 행동에 불쾌한 듯 눈살을 찌푸렸다.

처음부터 맘에 들지 않았다.

기척을 감춘 채로 다가온 것도, 혁련휘에 대한 추억을 생각하던 자신의 감정을 망친 일도.

그런 그녀의 표정을 보고서도 관하경은 부드럽게 말을 받았다.

"그냥 가시면 어떻게 합니까."

"물에 발 담그고 싶으시다면서요. 그런데 제가 가는 게 무슨 상관이신데요?"

이해가 안 간다는 듯 되묻는 비설을 향해 관하경은 머리를 긁적이다가 이내 결심한 듯 말을 이어 나갔다.

  "솔직히 말하죠. 물에 발을 담그고 싶다는 건 핑계였습니다. 제가 원하는 건 당신의 옆자리였거든요."

  관하경은 말재주가 있는 사내였다.

  그랬기에 달콤한 말로 여인을 홀리는 쪽에도 스스로 자부심이 있었다. 이런 상황에서는 돌려 말하기보다는 솔직하고 사내답게 밀어붙이는 것이 더 먹힐 거라 생각했다.

  자신의 화려한 언변이라면 이 여인을 녹이고도 남을 거라 관하경은 믿어 의심치 않았다.

  관하경은 자신을 바라보는 그녀를 향해 자신만만한 미소를 머금은 채로 말했다.

  "당신에게…… 관심이 있습니다. 여자로 말입니다."

  갑작스러운 고백에 당황할 법도 하련만 비설은 전혀 그렇지 않았다. 예전이라면 모르지만 지금은 이미 마음 전부를 한 사람에게 주었으니까.

  그녀가 정말 찰나의 망설임조차 없이 대답했다.

  "아, 그래요? 그런데 어쩌죠."

  비설이 웃는 얼굴로 곧바로 말을 이었다.

  "전 이미 임자가 있거든요."

2장. 시대의 주인

— 새로운 주인을 맞아야겠지

비설의 대답에 관하경은 당황했다.

그 또한 비설이 무조건적으로 자신의 말에 긍정적인 모습을 보일 거라 여기진 않았다. 허나 그렇다고 해도 이렇게 당당하게 자신에게는 임자가 있다 말할 줄은 상상도 하지 못했다.

그녀가 어떻게 생각할지 모르겠지만 자신의 조건 또한 그리 나쁘지 않다 여긴 탓이다.

정파의 뛰어난 기재이자 미래를 이끌어야 할 동량들끼리 한뜻을 품는다는 것도 겉보기에 그리 나빠 보이진 않았으니까.

당황스럽긴 했지만 관하경은 최대한 그런 속내를 드러내지 않으려 애썼다.

이런 상황에서 부끄러워하거나 물러선다면 오히려 더 고개를 들 수 없는 상황이 올지도 모른다 여긴 탓이다.

관하경은 스스로의 마음을 다잡았다.

'아직 내 진가를 모르니 그럴 수도 있지.'

비밀 병기로 자라 온 자신의 실력을 당장이라도 비설의 앞에서 뽐내고 싶었지만…….

관하경은 솟구치는 욕구를 억지로 눌렀다.

지금은 그럴 때가 아니라는 걸 잘 알기 때문이다.

관하경이 최대한 담담하니 말을 받았다.

"마교의 대공자라는 그 사내를 말하는 거군요. 소문은 저도 들어서 알긴 하지만…… 그자에 대한 마음이 진심은 아니지 않습니까. 어차피 그자의 조건 때문에 맘에 들어 하시는 거 다 압니다."

당연히 가짜일 거라 여기며 내뱉는 관하경의 말투에 비설은 기가 차다는 표정을 지어 보였다.

말없이 자신을 응시하는 그 눈빛이 무언의 동조라 여긴 관하경은 곧바로 말을 이었다.

"이해합니다. 당장에야 마교의 대공자에 비해 제가 한참은 모자라 보이겠지요. 하지만 곧 아시게 될 겁니다. 제가 얼마나 대단한 사내인지를요."

"……대단하긴 대단하네요. 정인도 있으신 분이 이렇게 뻔뻔하실 줄은 몰랐거든요."

비설이 자신에게 정인이 있다는 사실을 안다는 걸 알았지만 관하경은 흔들리지 않았다.

자신이 혼인을 약속한 은예홍을 놔두고 비설에게 대놓고 관심을 표한 사실이 드러난다면 분명 좋은 이야기를 듣지는 못할 것이다.

특히나 다른 이라면 모를까 그녀의 친척인 종남파의 장문인은 결코 이 일을 좌시하지 않을 게다.

그러한 일이 벌어질 수도 있다는 걸 알면서도 이토록 담담하게 이야기를 꺼낼 수 있었던 건…… 보는 눈이 아무도 없다는 사실을 잘 알아서다.

어차피 이곳에 있는 건 자신과 비설, 이렇게 둘뿐.

그녀가 다른 이들에게 무슨 말을 한다 한들 그것이 문제가 될 정도의 증거가 없다는 소리다.

그걸 알기에 관하경은 자신에게 불리할 수도 있는 이야기를 아무렇지도 않게 꺼내는 것이다.

자신이야 그런 적 없다고 잡아떼면 그만이니까.

관하경이 곧바로 답했다.

"그게 뭐 문제라도 있습니까? 아직 혼인을 한 것도 아니고 그리 깊은 사이도 아닙니다. 깨진다고 해서 이상할 건 없지요. 그리고 더 좋은 배필을 찾는 것이 당연한 것 아니겠습니까?"

담담하게 대꾸하는 관하경의 모습에 비설은 표정을 구겼다.

미래를 약속한 이도 있으면서 자신에게 대놓고 관심을 드러내는 행색도 기가 막힐 지경인데, 그게 뭐 문제냐고 되묻는 걸 보고 있자니 더는 할 말도 없었다.

비설이 더는 대화를 섞고 싶지 않다는 듯 막아서고 있던 관하경의 옆으로 슥 하고 스쳐 지나갔다.

허나 그는 미련이 남았는지 말을 이었다.

"시간은 드리죠. 그렇지만 곧 아시게 될 겁니다. 마교 대공자 혁련휘 따위보다 저라는 사내를 선택하는 것이 북천회의 영이신 비설 소저에게 여러모로 훨씬 낫다는 사실을요."

무시하고 가려고 하던 비설이 갑자기 발걸음을 우뚝 멈췄다. 그녀가 가던 길을 멈추자 관하경이 화색을 띠며 막 다가가려 할 때였다.

그녀가 갑자기 팽이처럼 회전하며 허리춤에 손을 가져다 댔다.

동시에 뻗어져 나온 두 개의 섬광.

콰앙!

자미쌍검에서 뿜어져 나온 검기가 다가오려던 관하경의 발걸음을 멈추게 만들었다.

대지에 길게 드리워진 하나의 선.

그 선을 사이에 둔 채로 비설이 천천히 고개를 들어 관하경을 바라봤다. 거리는 그리 멀지 않았지만 둘 사이에 생겨버린 선 때문일까?

관하경은 이상하게 그녀가 멀어 보인다는 느낌이 들었다.

비설이 자미쌍검을 뽑아 든 채로 입을 열었다.

"당신이 저의 마음속에서 형님을 이길 일은 제가 수백 번 죽었다 깨도 없어요. 그러니 헛꿈 꾸지 마시고 제 말 똑똑히 들어요. 딱 한 번만 이야기할 테니까."

그녀는 자미쌍검을 천천히 검집에 꽂아 넣으며 말을 이었다.

"그 입에…… 함부로 형님 이름 올리지 말아요. 당신하고는 비교조차 하고 싶지 않은 사람이니까. 그리고 경고도 하나 하죠. 지금 당신 앞에 생긴 그 선, 그거 제가 하는 경고예요. 그 선 넘지 말아요. 만약에 그 선을 넘는다면 당신을 죽일지도 모릅니다."

말을 마친 비설은 휙 하니 몸을 돌리고 걸어 나갔다.

비설이 말한 선이라는 건 두 가지 의미를 담고 있었다.

하나는 눈으로 보이는 선, 정말로 자신에게 다가오지 말라는 경고와 더불어 또 하나의 보이지 않는 선을 그은 것이다.

혁련휘에 대해 함부로 이야기하지 말라는 경고다.

선 하나를 그은 것으로 두 가지의 경고를 대신한 그녀가 곧바로 관하경에게서 멀어지고 있었다.

그리고 그런 비설의 뒷모습을 관하경은 말없이 바라만 볼 수밖에 없었다.

검기로 인해 대지에 길게 그어진 선.

주먹이 들어갈 정도밖에 안 되는 깊이니 넘는 건 일도 아니다. 그런데도 불구하고 이상하게 이 선을 넘는다는 게 그리 쉬워 보이지 않는다.

방금 전 일순 뿜어져 나왔던 살기 때문일까 아니면 그 흔들림 없는 눈빛 때문일까.

머리에 계속해서 남는 비설을 생각하던 관하경이 이내 피식 웃음을 흘렸다.

자신의 발아래에 생겨 버린 기다란 선을 바라보던 그가 고개를 들어 멀어져 가는 비설의 뒷모습을 바라봤다.

잠시나마 말을 섞을 때 느꼈던 비설이라는 여인의 아름다움이, 그 향기로운 체취가 아직도 남아 마음을 뒤흔든다.

품에 꽉 끌어안고 싶은 가냘픈 몸과 아름다우면서도 흔

들림 없는 강인한 눈빛까지.

관하경은 혀를 꺼내 입술을 핥으며 나지막이 중얼거렸다.

"……매력 있어. 좋아, 넌 이제부터 내 여자다."

가지고 싶은 건 가져야만 직성이 풀린다.

*　　　*　　　*

열기가 후끈거리는 방 안.

방 안에 위치한 침상을 가리고 있던 휘장이 휙 하니 젖혀졌다. 그리고 그 침상에서 걸어 나온 건 다름 아닌 나신의 사내, 신도율이었다.

그리고 그런 그의 뒤편에는 아직까지도 맨몸으로 침상 위에 누워 있는 소일홍이 자리하고 있었다. 방금 전까지 운우지락을 나눈 탓인지 그녀의 얼굴엔 살짝 홍조가 돌고 있었다.

신도율은 침상 바로 옆에 자리한 탁자 위의 잔에 손을 가져다 댔다. 그러고는 목이 탄다는 듯 안에 담겨져 있던 물을 벌컥벌컥 들이켰다.

입 근처에 묻은 물기를 손등으로 닦아 내며 신도율이 짧은 숨을 토해 냈다.

"후우."

숨을 내뱉는 신도율의 가슴팍으로 고운 여인의 손이 다가왔다. 소일홍이 그의 가슴을 손으로 쓸어내리고 있었다. 그러고는 복부 인근의 상처를 가만히 어루만졌다.

상처는 오래되긴 했지만 무척이나 깊었다.

생과 사를 오갔을 게 분명했을 정도의 깊은 상처.

상처를 만지며 소일홍이 입을 열었다.

"많이 아팠겠어요."

"뭐, 당시엔 죽을 것 같았지."

대답과 함께 머리카락으로 가려지지 않은 입꼬리가 슬며시 올라갔다. 이 큰 상처는 아주 오래전 자하도에서 입었던 상처다.

복부 중앙 부분을 관통하는 깊고 긴 상처. 그렇지만 이제는 그저 추억이 되어 버렸을 뿐이다.

당시의 일이 생각나는지 신도율이 나지막한 목소리로 중얼거렸다.

"그때는 약했지. 그래도 뭐 이제는 훈장 같은 거야. 이 상처 덕분에 더 강해질 수 있었으니까."

대답하는 신도율을 향해 소일홍이 궁금하다는 듯 물었다.

"그 상처 낸 놈 어떻게 됐어요?"

"어떻게 됐을 것 같은데?"

말을 마친 신도율이 침상에 털썩 주저앉았고, 그런 그의 목 부분을 감싸 안으며 소일홍이 슬며시 귓가에 입을 가져다 댔다.

자극적인 감각을 느끼면서 신도율은 자신의 복부 부분을 어루만졌다.

신도율이 입을 열었다.

"찢어 죽였어. 이 년 정도 복수의 칼날을 갈긴 했지만 전신에 이런 상처 수백 개는 내줬지."

이 상처를 보면서 웃을 수 있던 건 그 때문이다.

갚아 줬으니까. 자신이 당한 것의 수십 배 이상의 고통을 안겨 줬으니 이제는 웃을 수 있었다.

복부에 있는 이 상처뿐만이 아니다.

전신에 나 있는 아직도 사라지지 않은 자잘한 상처들. 이것과 관련된 모든 놈들이 죽었다. 아니, 죽었다고 해야 정확할 것이다.

신도율은 원한을 잊는 사내가 아니었다.

허나, 그런 그조차 아직 갚지 못한 상대가 하나 있었으니…… 그것이 바로 혁무조다.

아직까지도 그가 남긴 상처에 대한 복수만큼은 하지 못했다. 무려 십 년이 훨씬 넘는 시간이 지났는데도 불구하고 말이다.

그만큼 혁무조는 대단한 상대였다.

신도율은 자신을 뒤편에서 껴안는 소일홍의 손길을 느끼며 덤덤히 말했다.

"얼마 전에 대공자를 직접 만나 봤다면서? 어떻더냐?"

"짧게 봤으니 정확히는 모르지만 이거 하나만큼은 분명해요. 저희가 추측했던 것보다 훨씬 위험한 사내라는 건요."

말을 마친 소일홍이 뒤편에서 고개를 들이밀며 신도율에게 자신의 입술을 포갰다. 그런 그녀의 머리를 움켜쥔 채로 입술을 탐하던 신도율이 이내 천천히 고개를 뗐다.

그러고는 자신만만한 미소를 머금은 채로 물었다.

"나보다 더?"

"……그럴 리가 없잖아요. 당신보다 위험한 사람은 세상에 없으니까요."

"후후, 그 대답 마음에 들어."

말과 함께 소일홍의 머리를 움켜쥐었던 손을 푼 신도율이 가만히 고개를 돌려 벽 한편으로 시선을 돌렸다.

그의 시선이 고정된 쪽, 그곳에는 벽면을 가득 채우고 있는 커다란 중원의 지도 한 장이 걸려 있었다. 그리고 그 지도 곳곳에는 자그마한 깃발 모양의 장식들이 수없이 많이 자리하고 있었다.

그 깃발 모양의 장식들은 중원의 세력을 표시해 둔 것이다.

단일 세력으로는 최고의 힘을 보유하고 있는 마교.

또 그런 마교와는 뜻을 다르게 걷고 있는 사파의 무리들과, 또 새외의 세력들까지도. 그리고 아직 남아 있는 정파의 잔당들의 몇몇 세력들도 표시가 되어 있었다.

그리고 지도 곳곳에 자리하고 있는 비밀 세력…… 바로 자신을 따르는 이들이다.

지도를 응시하던 신도율이 나지막이 중얼거렸다.

"교주 취임식이라……."

마교가 지니고 있는 넓은 땅덩어리를 바라보는 신도율의 입꼬리가 씰룩였다. 자신 또한 이제는 엄청난 숫자의 비밀 세력들을 끌어모았지만 마교의 전체적인 힘과는 비교조차 할 수 없는 수준.

마교의 교주가 곧 천하의 주인.

그랬기에 신도율은 가지고 싶었다.

바로 이 마교가, 그리고 그런 그들의 수장인 교주라는 자리가.

말없이 지도를 응시하던 그가 결국 자리를 박차고 일어났다. 그러고는 세력도가 그려져 있는 지도 앞으로 와서는 천천히 손바닥으로 그것들을 훑기 시작했다.

이 넓은 땅.

마교가 지닌 이 모든 것들을 이제는 자신이 가지고 싶었다.

천마가 세운 마교. 그런 마교를 지배하는 건 아주 어릴 때부터의 신도율의 꿈이었다. 실현 불가능할 것만 같던 꿈, 그렇지만…… 그 꿈이 이제 자신에게 다가오고 있음을 느낄 수 있었다.

'나야말로 천마의 적통을 이은 후계자이니 마교를 가질 자격은 충분하지.'

자하도에서 하루하루를 살기 위해 싸워 왔던 하찮은 존재에서 마교의 교주에 오른다라…… 실로 인생역전 같은 이야기다.

머리카락 사이에서 슬쩍슬쩍 드러나는 신도율의 눈동자가 지도의 한편으로 향했다. 새외 세력들이 움직이고 있는 그곳, 그리고 지금 현재 유영인과 고경천이 대기하고 있는 장소기도 했다.

뚫어져라 그곳을 바라보는 신도율의 옆으로 상체만을 얇은 천으로 가린 소일홍이 다가와 물었다.

"뭘 그렇게 보고 계세요?"

"……내가 다스릴 세상."

넓은 중원의 곳곳을 바라보며 신도율의 입가에 걸린 미소가 더욱 짙어졌다.

잠시 동안 뭔가를 생각하던 그가 마침내 마음의 결정을 내렸는지 꽉 쥐고 있던 손을 움직였다.

움직인 신도율의 손이 지도 위에 있는 새외 세력을 상징하는 깃발을 뽑아, 마교의 무인들이 지키고 서 있는 경계선에 가져가 꽂았다.

그걸 본 소일홍의 눈동자가 놀란 듯 크게 떠졌다.

지금 신도율의 행동이 의미하는 바가 무엇인지 잘 알았기 때문이다.

그녀가 황급히 물었다.

"설마……?"

"유영인과 고경천에게 전해."

마교를 상징하는 변방의 깃발을 뽑아서 바닥으로 툭 내던진 신도율이 자신을 바라보는 소일홍을 향해 자신만만한 목소리로 말을 이었다.

"그들을 이끌고 국경을 넘으라고."

자신의 생각이 틀리지 않았음을 확인한 소일홍은 흥분된 얼굴로 급히 부복하며 고개를 숙였다.

드디어 때가 온 것이다.

자신들의 힘이 마교를 집어삼킬 바로 그 날이.

그리고 그 시작은 새외 세력들이 마교의 영토를 짓밟으며 시작될 것이다.

부복한 소일홍을 내려다보던 신도율이 차가운 목소리로 말했다.

"마교…… 우리가 먹는다."

＊　　　＊　　　＊

교주전의 깜깜한 방 안.

그 방 안에 혁무조가 말없이 자리하고 있었다. 그는 오랜 시간 자신이 앉아 있던 교주전의 의자를 손바닥으로 어루만졌다.

오로지 마교의 교주만이 앉을 수 있는 의자.

새카만 의자에 황금색 용이 박혀져 있는 이 의자는 특별한 의미를 지닌 물건이다. 오랜 시간 혁무조는 이곳에 앉아 천하를 지배했고, 마교의 교주로서 수많은 업적을 이뤄 냈다.

그 긴 시간을 함께했던 의자를 지그시 바라보던 혁무조의 얼굴엔 수많은 감정들이 오고 갔다. 이 자리에 앉아 살아오며 많은 일들이 있었다.

즐거웠던 일도, 슬펐던 일도. 힘들고 괴로웠던 많은 과거의 기억들이 한순간에 머리를 채웠다가 사라진다.

상념에 잠겨 있던 그를 현실 세계로 이끌고 온 것은 뒤편에 서 있던 사내였다.

"물러나시려고 하니 많이 쓸쓸하신가 봅니다."

그 목소리의 주인공은 마혈적가의 가주 적인호였다.

혁련휘에게 가장 먼저 힘을 실어 준 칠대천, 그리고 혁무조의 최측근이기도 한 그다. 그런 적인호의 말에 의자를 만지고 있던 혁무조가 손을 딱 떼며 어깨를 으쓱했다.

"그럴 리가. 전혀."

"얼굴에 다 쓰어 있으십니다."

"이 친구 보게. 몰랐는데 그 사이에 말재간이 많이 늘었군그래."

"나이를 먹으니 이상하게 넉살만 늘더군요."

예전에 비해 많이 말수가 늘어난 적인호의 모습을 보며 혁무조는 피식 웃었다. 처음 이 사내를 본 후로부터 어느덧 이십여 년이 훌쩍 넘었으니 많이 변했어도 이상할 건 없다.

그러기에 충분한 시간이 이미 흘렀으니까.

혁무조는 방금 전까지 어루만지던 의자에 천천히 몸을 싣고는 가볍게 고개를 저었다.

"이런저런 생각이 드는 건 맞는데 쓸쓸한 건 아니야. 오히려 그 반대라고 해야 할까."

"반대요?"

"그래. 이제 끝났구나 하는 생각에 한편으로 후련하면서도…… 이 자리에 앉아 모든 걸 책임져야 할 녀석을 생각하면 미안하기도 하군."

의자에 몸을 기댄 혁무조가 고개를 들어 위쪽을 올려다봤다.

가능하기만 했다면 이 자리를 물려주기 전에 혁련휘를 위협할 그들이라는 존재를 모조리 쓸어버리려 했다.

그렇지만 아쉽게도 혁무조에겐 그럴 수 있는 시간도, 기회도 없었다.

이제 모든 건 이 자리를 물려받을 혁련휘가 해내야 하는일, 그랬기에 혁무조는 마음 한편이 아파 왔다.

'널 지켜 주지도 못한 아비 주제에 짐까지 짊어지게 해서 미안하구나.'

차마 혁련휘의 앞에서는 하지 못할 그 말을 마음에 삼키며 혁무조는 눈을 감았다. 그가 말없이 의자의 손잡이 부분을 어루만지는 걸 바라보던 적인호가 물었다.

"잘해 낼 겁니다. 대공자님은 교주님과 많이 닮았으니까요."

자신을 닮았다는 소리에 씨익 웃어 보인 혁무조가 이내장난스럽게 말을 받았다.

"그렇게 닮았나? 지금은 몰라도 소싯적엔 내가 더 잘생 겼던 것 같은데."

"솔직히 말씀드려서 외모는 대공자님이 조금 더 낫지요."

"허허, 교주 자리에서 곧 물러난다고 벌써 뒷방 늙은이 취급이로군."

억울하다는 듯이 말하고 있었지만 혁무조의 얼굴에는 오 히려 자랑스러움이 가득했다. 자신보다 자식이 뛰어나다는 말에 기분이 나쁘기는커녕 오히려 동네방네 자랑하고 싶은 팔불출 같은 기분이 드는 그였다.

자식 자랑에 입이 한참은 근질거리던 혁무조가 이내 생 각난 듯 물었다.

"아, 그리고 그 독의(毒衣) 사건은 어찌 되어 가지?"

"뒤를 캐고는 있지만…… 이미 완벽하게 꼬리 자르기가 들어가 버린 바람에 뭔가를 더 알아내기는 쉽지 않을 것 같 습니다."

"……그래? 아쉽게 됐군."

"그래도 그 독의가 취임식 날 뿌려지지 않은 것만 해도 천만다행입니다. 만약 그런 일이 벌어졌다면 상상만 해도 끔찍합니다."

적인호의 말대로 가장 축복받아야 할 취임식 날에 그 같 은 사건이 벌어진다면 마교 내의 큰 인명 피해는 물론이거니와 혁련휘에 대한 인식 또한 좋지 않게 흐를 위험이 있었다.

다행히 그 같은 일을 막긴 했지만 혁무조는 방심하지 않았다.

그들이 취임식 날을 노렸으니만큼 또 다른 계획을 준비하고 있을지도 모른다는 생각이 들어서다. 물론 시간이 부족할 테니 그 날 당장 큰일을 벌이기는 어려울지도 모르지만 말이다.

혁무조가 적인호에게 주의하라는 듯이 다시금 말했다.

"그 일은 막아 냈지만 다른 꿍꿍이가 있을 수 있어. 수상한 움직임은 없는지 엄밀히 주의를 기울여야 할 게야."

"알겠습니다, 교주님."

새로운 시대의 시작을 알릴 취임식.

그리고 그 날을 기점으로 천하는 새로운 주인을 맞이하게 될 것이다.

혁련휘라는 새로운 시대의 주인을.

교주의 취임식이 목전에까지 닿을 정도로 가까워졌다. 그렇지만 막상 그 날의 주인공인 혁련휘의 하루는 크게 변하지 않았다.

교주의 업무를 조금씩 대신하고 있는 것 말고는 거의 하루 종일 자신의 거처에서 시간을 보냈다.

거처는 조용했다.

이제 곧 교주가 될 대공자의 거처에 와서 떠들 만한 이도 없을뿐더러, 그나마 항상 떠들어 대던 두 사람이 사라진 탓도 컸다.

비설과 부의민이 사라진 혁련휘의 거처는 적막했다.

자신의 집무실에 앉아 뭔가를 읽고 있는 혁련휘의 방에 나머지 두 사람도 모여 있었다.

떠난 둘의 빈자리 탓에 이상하게 적적함을 느껴서인지 요즘 들어 부쩍 달치는 혁련휘와 환야를 졸졸 쫓아다녔다.

바닥에 앉은 채로 하녀가 가져다준 과일을 집어 먹고 있는 달치를 눈으로 흘겨보넌 환야가 혁련휘에게 시선을 돌렸다.

곧 취임식이거늘 혁련휘의 표정에는 일말의 긴장 같은 건 보이지 않았다.

환야가 혁련휘에게 말을 걸었다.

"삼 일 남았네요, 대장."

"……뭐가?"

"어휴, 뭐긴 뭐겠습니까. 대장의 교주 취임식이죠."

"아아, 그랬지."

너무나 무덤덤한 혁련휘의 대답에 환야는 기가 차다는

표정을 지어 보였다. 그토록 중요한 일을 마치 이제야 기억한 듯한 모양새다.

환야가 걱정스레 물었다.

"그 날 입으실 정복(正服)이나 면류관(冕旒冠)은 제대로 준비하신 거 맞습니까?"

"그걸 내가 챙겨야 하나?"

"뭐 그런 건 아니지만……."

당연히 의복을 담당하는 이들이 준비해야 할 문제지만 환야는 은근 이것저것 걱정이 되는 모양이었다.

눈앞에 있는 이 잘난 사내에게 안 어울릴 만한 것이 무엇이 있겠냐 싶었지만 그래도 날이 날이니만큼 이상하게 신경이 쓰였다.

서책에 시선을 준 채로 혁련휘가 환야를 향해 짧게 말했다.

"쓸데없는 데 신경 쓰지 말고 할 거 없으면 비파월 쪽이나 한 번 더 가서 이야기 나눠 봐. 뭔가 이상한 거 알아낸 건 없는지."

혁련휘의 말에 환야가 머리를 긁적이며 자리에서 일어났다.

오늘 오전에도 이미 비파월에 다녀왔던 그다. 당연히 그 사이에 새로운 정보는 들어오지 않았을 확률이 컸지만 혁련휘의 명령이 떨어진 이상 가서 물어보기라도 하려는 것이다.

허나 환야는 비파월로 향하려던 발걸음을 멈출 수밖에 없었다. 거처로 찾아온 손님 때문이다.

넓은 장원의 입구 쪽에서 누군가의 소리가 들려왔다.

"대공자님, 급보입니다!"

다급한 목소리는 제법 먼 거리에 있는 이 집무실에까지 찌렁찌렁 들려왔고, 서책에서 눈을 뗀 혁련휘가 환야를 향해 고갯짓을 했다.

그리고 환야 또한 기다렸다는 듯 빠르게 장원의 입구로 달려갔다.

순식간에 입구에 도착한 환야는 문을 열어 주었고, 바깥에서는 적인호의 수하로 있는 마혈적가의 무인 하나가 다급한 얼굴로 자리하고 있었다.

환야가 물었다.

"무슨 일이야?"

"급한 전보입니다. 대공자님께 서둘러 보고해야 합니다."

"그래? 따라와."

마혈적가에 들어오는 소식을 전달해 주던 자였기에 환야는 별다른 말 없이 곧바로 그를 데리고 혁련휘의 집무실로 향했다.

사내와 함께 환야가 집무실에 들어오는 순간 혁련휘 또한 서책을 책상에 내려 두고는 고개를 들어 올렸다.

혁련휘의 존재를 확인한 사내가 급히 부복했다.

"대공자님을 뵙습니다."

"인사는 됐고, 무슨 일이지."

혁련휘의 질문에 사내는 다급히 자신을 이곳까지 달려오게 만든 급한 정보를 고했다.

"새외 쪽에서 봉화가 올라왔습니다."

"봉화가? 무슨 일이라도 생겼다는 건가?"

"예, 봉화를 통해 알려온 사실이 맞다면…… 그들이 중원의 국경을 넘었습니다."

사내의 말에 혁련휘는 물론이거니와 환야 또한 표정을 구겼다. 지금이라면 아직 새외 세력과 대치하기 위해 떠난 부의민이 도착하기도 한참은 남은 상황이다.

그런 지금 새외 세력이 국경을 넘었다면…….

혁련휘가 물었다.

"넘어온 자들이 누구지?"

새외 세력이라고 해도 그들의 숫자는 무척이나 많다. 대표적인 네 개의 세력을 제외하고도 수십 개가 넘는 자잘한 곳들이 존재한다.

그중에 누가 이곳 중원으로 들어섰느냐는 혁련휘의 질문에 사내가 잠시 머뭇거렸다.

그 짧은 머뭇거림에 혁련휘가 재차 물었다.

"누구냐 물었다."

"저기 그것이…… 가늠할 수가 없습니다."

"가늠할 수가 없다니? 어느 지역을 통해 들어왔는지만 파악해도 어느 정도 견적이 나오잖아."

새외 세력들의 거점은 제각각이다.

당연히 들어온 길목만 확인해도 어느 세력이 침입했는지 알아내는 건 그리 어렵지 않다.

그렇지만 문제는…….

"불가능합니다."

"왜?"

물어 오는 혁련휘의 질문에 사내가 눈을 질끈 감고 더듬거리며 말을 받았다.

"야, 약속이라도 한 듯이 동시다발적으로 사방에서 모두 밀려들어 오고 있답니다. 그랬기에 지금 개입된 새외 세력이 누군지도, 그 숫자가 어느 정도인지도 아직 파악이 되지 않았습니다."

"그 말은…… 서역과 남만, 몽골과 신강에서까지 움직였다는 건가?"

새외 세력의 거점이 되는 주요 장소들. 그곳에 자리하고 있는 모든 이들이 움직였냐는 혁련휘의 질문에 사내가 고개를 끄덕이며 대답했다.

"네, 대공자님."

"아무래도 합심을 한 모양이군."

이렇게 동시다발적으로 치고 들어오는 상황이 운 좋게 이루어졌을 리가 없다. 아마도 오랫동안 비밀리에 이야기를 맞춰 오다 결국 때를 맞추어 움직인 게 분명했다.

혁련휘가 다급히 물었다.

"현재 마교의 병력으론 얼마나 버틸 수 있지?"

마교의 무인들이 이미 새외 세력들을 막아 내기 위해 변방을 지키고 있는 상황이다. 새외 세력이 동시에 움직였다 해도 그리 쉽게 무너질 정도는 아니었다.

그런 혁련휘의 질문에 사내가 대답했다.

"백여 일 정도도 막아 낼 순 있지만 우리 쪽의 피해 또한 클 겁니다. 당장에야 그들과 엇비슷한 수준은 유지하고 있지만 결국 한쪽이 무너지면 점점 몰리는 형세가 될 확률이 높습니다. 지금 이 피해를 최소화하기 위해서는…… 추가 병력을 파견하셔야 한다고 저희 가주님께서 전해 달라 하셨습니다."

사내의 말을 전부 전해 들은 혁련휘는 곰곰이 생각에 잠졌다.

많은 새외 세력들이 손을 잡고 일사불란하게 움직였지만 마교는 강하다. 그런 그들이 다 힘을 합친다 해도 방어선을 뚫는 건 쉽지 않다. 그렇지만 지금 이 사내가 말한 것처럼 당장엔 막아 낼 순 있어도 그들 모두를 제압할 순 없다.

엇비슷한 정도의 세력만이 그곳에 자리하고 있는 탓이다.

마교의 병력 중에서 새외의 정예병들과 싸울 수 있는 수준에 오른 무인의 숫자는 얼추 팔만 정도.

개중에 삼만가량은 이미 그곳을 지키고 있는 상황이다.

나머지 뛰어난 수준의 오만의 정예 무인들 중 삼만가량은 마교에 기거하고 있고, 나머지 이만은 중원 곳곳에 터를 잡고 이런저런 임무를 수행하거나 그 지역을 지키고 있다.

거리상으로나 뭐로 보나 마교에서 직접 보내는 것보다 인근 지역의 무인을 보내는 것이 나아 보였지만…… 그건 쉬운 선택이 아니었다.

가뜩이나 새외 세력을 막기 위해 각 지역을 지키고 있던 무인들의 절반 이상이 빠져나가며 여러 문제들이 일어나고 있는 중원이다.

각지에서 일어나는 문제들을 제어할 인원들이 턱도 없이 모자란 상황이라는 거다. 그런 지금 그 적은 인원에서 또 다시금 새외 세력과의 싸움을 위해 무인들을 차출한다면…… 자신들이 손에 넣은 정파의 지역들이 혼란스러워질지도 모른다.

그리고 최악의 경우, 그 지역을 기반으로 하여 호시탐탐 마교의 뒤를 노리고 있던 사파들이 궐기할 수도 있다.

그렇게 된다면 새외 세력과 싸우던 무인들은 오히려 앞뒤로 포위되는 형상이 되고야 만다.

그런 일을 막기 위해서는 지금 그 지역을 지키고 있는 최소한의 병력만큼은 움직여서는 안 됐다.

결국 혁련휘는 결단을 내렸다.

"마교에 기거하고 있는 정예 무인 삼만여 명 중 이만을 파견하지. 내 뜻을 마혈적가 가주에게 전해. 거리도 있으니 당장에 준비 끝내고 이틀 안에 출발시킬 수 있게 준비해야 해."

"알겠습니다, 대공자님."

혁련휘의 명을 전해 들은 그는 곧바로 포권을 취하고는 자리를 박차고 뛰어나갔다. 혁련휘의 명을 가주인 적인호에게 전하기 위해서다.

표정을 구기고 있던 환야는 사내가 사라지자 한숨과 함께 입을 열었다.

"취임식도 얼마 안 남았는데 갑자기 이게 무슨 일이랍니까."

"그게 뭐 중요한 일이라고. 그거보다 어떻게든 부의민에게 빠르게 연락 취할 방법을 찾아봐. 지금 상황을 그 녀석한테도 알리고 곧바로 피해를 최소화할 수 있게 방어선 구축하라 전하고."

"알겠습니다, 대장."

말을 끝낸 환야가 막 자리를 박차고 나가려 할 때였다. 혁련휘가 그런 그를 붙잡았다.

"잠시만."

"따로 또 명령하실 거라도 있으십니까?"

"이번 새외 세력들의 움직임에 그들이 개입되어 있을 수도 있어."

"그들이라면…… 자하도에서 나온 그놈들 말입니까?"

"맞아. 이건 확실한 게 아니라 내 짐작일 뿐이지만 그래도 갑자기 기다렸다는 듯 동시에 움직인 걸 보면 분명 뒤에서 이 일을 꾸민 놈이 있다는 소리지. 그리고 그게 그놈들일지도 몰라."

"그럴 수도 있겠네요. 그럼 제가 뭘 하면 됩니까?"

"우선 비파월을 통해 새외 쪽 소식에 능통한 자들과 한번 정보를 나눠 보라고 전해 줘. 뭔가 단서가 나올지도 모르니까."

"그러죠."

말을 마친 환야가 바람처럼 사라졌고, 방 안에는 혁련휘와 아직까지도 그저 과일만 우적거리며 먹고 있는 달치만이 자리하고 있었다.

넓은 지역을 지키기 힘든 약점을 이용해 조금씩 영역을 침범하던 새외 세력들의 갑작스러운 움직임, 그렇지만 그들 전부가 힘을 합친다 해도 마교와 싸워선 이길 수 없다.

그만큼 마교의 힘은 압도적이니까.

그런 사실을 알면서도 그들이 움직였다.

그 말은 곧…… 다른 뭔가 노리는 게 있다는 소리다.

과연 새외 세력들이 전면전을 불사하면서까지 노리는 그건 무엇일까?

머리가 아파 왔다.

그랬기에 이 전쟁, 빠르게 끝내야겠다.

그들의 노렸던 그것이 무엇이든 간에 다시는 이 중원 땅에 발을 붙이지 못할 정도로 완벽하게.

3장. 취임식

— 너의 시대다

북천회의 고위층들이 모여 있는 사천성 구채구. 아직까지 도착하지 못했던 이들도 비밀 회동의 날짜가 되자 하나 둘씩 모습을 드러내며, 마침내 모든 인원이 이 마을에 자리했다.

그리고 이내 그들이 모이기 시작한 비밀 회의장으로 가기 직전 비설은 말없이 경대(鏡臺: 화장대) 앞에 앉아 그곳에 비치는 자신의 얼굴을 바라보고 있었다.

애초에 이곳에 오기 전부터 적은 이미 정해진 상태였다.

자신을 죽이려 했고, 앞으로도 계속해서 그 같은 계책을 꾸밀 관천위.

북천회의 회주인 그가 비설의 적이다.

문제는 적의 존재가 확실한데도 불구하고 그 대상이 쉽사리 어찌하기 힘든 자라는 것이다. 그는 북천회의 회주고, 큰 권력 또한 지니고 있다.

그의 악행에 관련된 정보들을 자신들이 가지고 있긴 하지만 섣부르게 그 패를 꺼내어 들어선 안 된다. 최악의 경우 북천회끼리의 내부 분열이 일어날 수도 있어서다.

회주인 관천위를 따르는 자들조차 꼼짝할 수 없을 정도로 완벽한 상황이 필요했다.

숨통을 끊을 수 있는 그 순간, 이 패가 치명적으로 그에게 다가갈 수 있을 때를 비설은 만들어 내야만 했다.

경대에 앉은 채로 스스로의 생각을 다잡는 비설을 향해 누군가가 다가왔다.

그녀의 스승인 도재하였다.

"준비 다 되었느냐?"

"네, 사부."

"생각보다 쉽지 않은 자리가 될 게야. 그쪽도 예전부터 단단히 준비한 모양이니 말이야."

처음 이곳에 올 때까지만 해도 관천위가 무슨 꿍꿍이로 그 같은 일을 벌였는지 의문이 있었던 비설과 도재하였다.

허나 이제는 어느 정도 알 것만 같다.

생각지도 못했던 관천위의 후계자 관하경의 등장.

짧은 만남이었지만 비설은 그의 실력이 보통이 아님을 감지했다. 은신을 하고 뒤편으로 다가왔을 때 비설조차도 어느 정도 거리가 가까워지고서야 그의 존재를 느꼈다.

그만한 실력을 지녔다는 거다.

잠시나마 만났던 그때 관하경이 사용했던 보법은 분명 곤륜파의 것이었고, 신법은 화산의 무공이었다. 딴에는 감추려고 했던 모양이지만 이미 그것들을 완벽히 익힌 비설의 눈까지 속일 순 없었다.

두 개의 문파의 무공을 한 몸에 익힌 걸 확인하고 비설은 알 수 있었다.

관하경이라는 그자 또한 자신과 마찬가지로 특수한 훈련을 받으며 커 왔을 거라는 것을.

그자를 보며 비설이나 도재하 둘 모두 한 가지 사실을 알았다. 비설을 죽이려 한 관천위의 계략이 근래부터 준비되어진 게 아니라는 것을.

오래전부터 비설을 앞에 세워 둔 채로 비밀리에 자신의 손자인 관하경을 키워 왔다. 그 말은 곧 그때부터 관천위는 다른 속내를 가지고 있었다는 걸 의미했다.

자미쌍검을 챙긴 채로 자리에서 일어나는 비설을 바라보던 도재하가 방을 빠져나가려는 그녀를 붙잡았다.

비설이 왜 그러냐는 듯 도재하를 바라봤고, 그는 짧은 한숨을 내쉬었다.

어제 그녀의 계획에 대해 전해 들었다.

그렇지만 도재하는 내심 걱정이었다. 그 작전이 위험할 수도 있다 여긴 탓이다.

도재하가 조심스레 물었다.

"정말 그리할 생각이냐? 위험할 수도 있어."

"하지만 지금 할 수 있는 최선의 선택일 수도 있죠. 저희는 내분도 피해야 하고, 시간을 줘서도 안 되니까요."

시간을 주면 관천위는 자신의 사람들을 모을 것이다. 그렇게 되면 결국 그토록 우려하던 내전의 시작이고, 또한 혁련휘에게 말했던 시간 내에 돌아가는 게 불가능해질지도 모른다.

그랬기에 비설은 보다 확실하고 빠른 길을 선택했다. 도재하는 걱정을 하는 듯이 보였지만 그래도 비설의 생각은 변하지 않았다.

그녀는 자신을 걱정하는 도재하를 향해 말했다.

"사부님, 걱정하지 마세요. 이번 작전 반드시 성공시킬 테니까요."

"……후우. 그래, 네가 그리하겠다 하니 믿을 수밖에."

스스로 하겠다 마음먹으면 어떻게든 해내고야 마는 그녀

가 아니던가. 그걸 알기에 도재하 또한 결국 자신의 걱정을 지워야만 했다.

그리고 실제로 비설의 계획대로만 된다면 최소한의 피해로 이번 사건을 매듭지을 수 있는 것도 사실이었으니까.

고개를 끄덕이는 도재하를 바라보던 비설이 이내 작게 웃으며 입을 열었다.

"그럼 갈까요, 사부?"

"그래, 가자꾸나."

도재하는 먼저 걸어 나가는 비설의 뒤로 성큼 따라가 붙었다. 그리고 그런 두 사람이 나간 바깥에는 이미 그들을 따르는 이들이 대기하고 있었다.

도재하가 그자들을 향해 짧게 말했다.

"다들 가십시다, 회의장으로."

수많은 이들에게 둘러싸인 채로 회의장으로 향하던 비설은 잠시나마 고개를 치켜들었다.

유독 푸르른 하늘이 눈에 들어왔다.

'오늘이네요, 형님.'

비설은 알고 있었다.

오늘이 다름 아닌 혁련휘의 교주 취임식이 있는 날이라는 걸. 그랬기에 그녀는 무척이나 아쉬운 표정이었다.

그의 정복을 입은 모습을 꼭 보고 싶었는데……

최고의 자리에 오르는 오늘 혁련휘의 옆에 있어 주고 싶었던 그녀다. 그렇지만 그런 아쉬움을 뒤로한 채로 비설은 비밀 회의장의 입구로 다가갔다.

'기다려 주세요, 형님.'

회의장 안에 들어선 비설의 눈에 관천위가, 그리고 관하경의 모습이 비쳤다.

혁련휘의 생각에 잠시나마 부드러워져 있던 비설의 표정이 다시금 진지하게 변했다. 그녀는 주먹을 꽉 움켜쥔 채로 두 사람이 자리하고 있는 쪽으로 천천히 걸음을 옮겼다.

점점 가까워져 오는 그 둘을 바라보며 비설은 다짐했다.

'금방 끝내고 형님 옆으로 돌아가겠습니다.'

비설과 도재하가 도착한 지 약 반 각가량의 시간이 흘렀을 무렵.

마침내 모든 인원이 자리에 참석했다 여긴 탓인지 상석에 자리하고 있던 관천위가 천천히 입을 열었다.

"슬슬 다들 온 것 같군요."

가장 상석에 위치한 관천위를 두고 양쪽으로 수많은 이들이 자리하고 있었다. 그를 기준으로 우측에는 비설과 도재하를 축으로 한 세력들이, 그리고 그 반대편에는 관하경을 시작으로 하여 회주 측 사람들이 자리하고 있었다.

관천위는 모두의 시선을 받는 와중에 부드럽게 먼저 인사들을 건넸다.

"오랜만에 보는 반가운 얼굴들이 참으로 많습니다. 이렇게 정파가 힘든 와중에도 그나마 본 회에 속한 이들의 건강한 모습들을 보니 마음이 참으로 뿌듯합니다."

그의 말에 많은 이들이 그저 가벼운 미소와 포권만으로 회주의 말에 화답했다. 그런 이들을 내려다보던 관천위가 곧 말을 이었다.

"자, 그럼 총회를 시작하지요."

총회를 시작한다는 말과 함께 관천위의 시선이 오른편에 위치하고 있는 비설에게로 향했다. 공적인 자리이니만큼 관천위는 평소와 다른 말투로 그녀에게 말을 걸어왔다.

"회의를 본격적으로 시작하기에 앞서 몇몇 얼굴들을 소개하고자 합니다. 다들 아시겠지만 못 보신 분들도 적잖이 있을 거라 사료됩니다. 북천회의 정신이라 일컫는 영입니다."

갑작스러운 호명에 비설은 한 발 앞으로 나아가 모든 이들을 향해 몸을 돌리고는 포권을 취했다.

공적인 자리에도 간간이 모습을 드러내긴 했으나 이번 총회와 같이 규모가 큰 자리에서는 얼굴을 보인 적이 없던 그녀다.

북천회의 특별한 존재인 비설을 향해 많은 이들이 시선을 주고 있는 그때였다.

관천위가 말했다.

"최근 많은 일들을 해내셨습니다. 삼천기 중 무려 두 개를 회수했지요. 그 업적에 북천회의 회주로서 무한한 감사를 드리겠습니다."

"해야 할 일을 했을 뿐입니다."

비설은 자신을 향한 관천위의 칭찬에 포권과 함께 답했다.

자신을 향한 갑작스러운 칭찬에 비설은 오히려 긴장의 끈을 바짝 당겼다. 모든 이들이 모인 자리에서 자신을 칭찬한다는 것 자체가 다른 속셈이 있기 때문이라 여긴 탓이다.

그리고 그런 비설의 예상은 적중했다.

"아 참, 요즘 말들이 많더이다. 마후가 되셨다지요?"

관천위가 꺼내어 든 건 혁련휘와 관련된 이야기였다. 그렇지만 비설은 전혀 당황하지 않았다. 애초부터 관천위가 자신을 공격하기 가장 좋은 화젯거리가 그것이라 생각하고 자리한 탓이다.

"네, 그리고 그건……."

비설이 준비해 왔던 대답을 꺼내고 있을 때였다.

"허허, 대단하십니다. 북천회의 미래를 위해 스스로 마교로 걸어 들어가실 줄이야 상상도 못 했습니다."

말을 자르고 들어오는 관천위의 태도에 비설은 오히려 당황했다.

그것을 문제 삼아 자신에 대한 평가를 깎아내리거나 압박해 들어올 거라 여겼다.

그런데 칭찬이라니?

비설 그녀로서는 의아할 수밖에 없었다.

'무슨 꿍꿍이지.'

비설이 마후가 될지도 모른다는 사실에 북천회 내부에서는 아직까지도 말들이 많은 상황이다.

많은 이들이 이 기회를 빌려 정파의 재건에 힘을 실을 수 있다는 생각을 했지만, 그렇다고 두 팔 들고 환영할 만한 일도 분명 아니었기에 서로 눈치를 보고 있었다.

그런데 그걸로 트집 잡았어야 할 자가 오히려 지켜 주려는 듯한 말을 내뱉고 있다.

생각지도 못한 반응에 당황할 법도 하련만 비설은 침착하니 관천위를 응시했다.

그가 이런 짓을 한다는 건 또 다른 노림수가 있다는 것이고 그렇다면 곧 그 검은 속내를 드러낼 게 분명했으니까.

그런 그녀를 향해 관천위가 질문을 던졌다.

"아, 그런데 마후가 된다는 건 마교에서 지내야 한다는 뜻인데 아닙니까?"

"그리되겠지요."

비설의 대답을 듣기 무섭게 기다렸다는 듯 관천위가 탄식을 토해 냈다.

"역시 그렇군요. 이거 큰일입니다. 북천회의 영이라면 해야 할 일들이 참으로 많은데 마교 내부에 발이 묶여 있는다면야…… 임무를 수행하는 데 차질이 많지 않겠습니까?"

관천위의 말에 아래에 있던 몇몇 이들이 고개를 끄덕였다.

그의 말대로 마후가 된다면 함부로 마교 내부에서 자리를 비울 수 없을 테니 지금처럼 공식적인 총회에 참석하는 것도 쉽지는 않을 터.

잠시 뜸을 들이며 지금 이 상황을 모두에게 정확하게 인지시킨 관천위가 이내 걱정 말라는 듯이 진정시키며 말했다.

"자자, 너무 걱정들 마시지요. 이런 일을 염려하여 제가 생각해 둔 비책이 있습니다."

"비책이라 하오시면 무엇입니까?"

사천당문의 당천묵이 급히 물었다.

그런 그의 질문에 기다렸다는 듯 관천위가 자신의 생각을 밝혔다.

"간단합니다. 임무의 이원화이지요. 영은 이제 마후로서 마교 내부에 자리하여 북천회를 돕고, 새로운 영을 뽑아 외부에서 움직이게 하는 것이지요."

두 개로 나누자고 하는 것이다.

비설은 마교 내부에서 북천회를 위해 싸우고, 바깥에서는 또 다른 새로운 우두머리를 뽑아 안팎으로 이끌자는 소리다.

분명 듣기에는 좋은 소리일지 모르지만…… 관천위가 하는 말엔 또 다른 의미가 있었다.

북천회에서 큰 비중을 가지고 있는 영이라는 자리에서 그녀를 쫓아내려 하고 있는 것이다.

그리고 아마도 그 자리엔…….

비설의 시선이 자신의 맞은편에 위치하고 있는 한 사내에게로 향했다.

관천위의 손자인 관하경, 바로 그자에게로.

자신을 향한 비설의 시선을 느껴서일까?

그는 씩 웃어 보이며 비설과 잠시 눈빛을 마주했다.

그런 관하경에게서 시선을 돌린 비설은 잠시 입술을 깨물었다. 지금 관천위가 내민 패는 분명 생각도 하지 못한 것이었다.

'이렇게 나올 줄은 몰랐는데.'

북천회의 영이라는 자리에 욕심이 있는 건 아니다.

영이 아니었다 해도 지금까지의 것들이 그녀가 해야 하는 일이었다면 결과는 똑같았을 것이다.

그랬기에 정말로 북천회가 필요로 한다면 언제든지 영의 자리를 벗어던질 수 있는 비설이다.

관천위의 말대로 정말로 마후가 된다면 임무를 수행하는 게 쉽지 않다는 건 분명 사실이다. 다만 문제는 그 말을 한 자가 관천위라는 것이다.

좋은 의도가 아닌 자신의 욕심을 위해 영의 자리를 노리는 그다.

그런 그자에게…… 이 자리를 내줄 생각은 추호도 없다.

비설이 침묵하고 있는 사이 관천위가 다른 이들에게 물었다.

"다른 분들의 의견은 어떻습니까? 전 그리 나쁘지 않다 생각됩니다만."

관천위의 말에 아래에 있던 이들은 서로의 얼굴을 바라

보며 웅성거리기 시작했다. 어느 정도 분위기가 넘어왔다 생각한 관천위가 막 말을 이었다.

"자자, 따로 이야기들 말고 각자의 의견을……."

그때였다.

비설이 몸을 돌려 다른 이들을 바라보며 입을 열었다.

"그보다 먼저 하나 이야기 드릴 것이 있습니다. 오늘 이 총회를 연 건 다름 아닌 접니다. 당연히 이곳에 모인 여러 분들에게 급히 올려야 할 안건도 있었고요."

말을 마친 비설이 잠시 고개를 돌려 회주인 관천위를 올려다봤다.

비설이 슬며시 웃어 보이며 그에게 말을 걸었다.

"우선 이 안건부터 시작하려고 하는데 괜찮으시겠지요?"

"뭐, 그 때문에 모인 것이니 그것부터 이야기하는 것이 순리겠지요."

이야기해 보라는 듯이 손을 내미는 관천위를 바라보던 비설이 이내 고개를 돌려 다시금 좌중을 응시했다.

그녀가 모든 이들을 향해 천천히 입을 열었다.

"오늘 제가 올리려는 안건은…… 회주님의 해임안입니다."

비설의 그 한마디에 여유 가득했던 관천위의 표정이 일

그러졌다.

*　　　*　　　*

그런 날이 있다.

선선하고 좋은 날씨에 하루 종일 기분이 좋은 그런 날. 그리고 바로 오늘이 일 년에 몇 없을 그런 날이었다.

아침부터 하늘은 맑았고, 날씨는 춥지도 덥지도 않은 딱 좋은 수준을 유지했다.

이토록 좋은 날, 마교 내부는 무척이나 북적거렸다.

많은 무인들이 새외 세력과의 싸움을 위해 빠져나가긴 했지만 오늘은 마교에 몸을 담고 있는 이들에겐 무척이나 특별한 날이었다.

바로 새로운 교주를 맞이하는 날이었으니까.

오래전부터 준비되어 오던 취임식의 준비는 이미 끝마쳐진 상태, 남은 건 그 시간이 되는 것뿐이었다.

취임식 이후에 있을 큰 잔치 때문인지 마교 내부에는 기름 냄새가 가득했다.

많은 이들이 먹을 음식들이 준비되었고, 또 특별한 하루로 인해 무척이나 들뜬 상태였다.

그런 취임식 날 당일, 모두가 오늘의 특별함에 빠져 있던 그때 막상 당사자인 혁련휘는 태연해 보였다.

자신의 거처에 자리한 채로 혁련휘는 곧 있을 취임식을 맞이할 준비를 하고 있었다.

방금 전에 하인들이 가지고 온 정복과 면류관을 꼼꼼히 확인한 환야가 이내 걱정 없다는 듯 고개를 끄덕였다.

"바보가 아닌 이상 똑같은 수를 쓰지는 않았겠지만 안전한 거 확인했습니다."

얼마 전 있었던 독의(毒衣) 사건 때문에 환야는 혁련휘가 입을 옷들을 확인했던 것이다. 물론 이미 걸린 수를 다시금 쓸 거라 여기진 않았지만 그런 방심이 결국 화를 부르는 법.

재차 확인을 끝내고서야 환야는 들고 있던 옷을 혁련휘에게 내밀었다.

그리고 그런 환야가 내민 정복을 무덤덤한 표정으로 받아 든 혁련휘는 그것을 천천히 몸에 걸치기 시작했다.

검은색의 정복은 무척이나 깔끔하면서도 고귀한 분위기를 풍겼다.

순식간에 정복을 걸친 혁련휘를 바라보며 환야가 감탄을 토해 냈다.

"끝내줍니다, 대장."

가뜩이나 뛰어난 외모를 자랑하는 혁련휘에게 이런 고급

스러운 정복까지 더해지자 평소보다 더욱 특별한 분위기를
풍겼다.

그런 혁련휘를 보며 환야는 안됐다는 듯이 중얼거렸다.

"비설, 그 녀석. 이 모습 못 본 거 아마 두고두고 후회할
겁니다."

"쓸데없는 소리 말고. 어느 정도 남았지?"

"얼추 곧 시작할 테니 반 각 정도 있다가 출발하면 되지
않을까 싶습니다."

"그래?"

혁련휘는 잠시 들었던 면류관을 탁자 위에 도로 올려 두
고는 의자에 앉았다. 그러고는 아무렇지 않게 턱을 괴고는
바깥의 풍경을 살폈다.

햇볕이 내리쬐는 바깥은 무척이나 화사했다.

마치 오늘의 혁련휘를 축복이라도 해 주려는 듯이 햇빛
또한 밝게 쏟아져 내리고 있었다.

아무렇지 않은 표정으로 앉아 있는 혁련휘를 곁눈질하던
환야가 슬그머니 물었다.

"아직도 긴장 안 되십니까?"

"긴장은 안 되고 그냥 귀찮아. 빨리 끝냈으면 좋겠군."

워낙 번거로운 걸 싫어하는 혁련휘였기에 취임식이라는
자리조차도 어서 끝나기를 바라는 듯했다. 그런 혁련휘의

모습에 환야가 혀를 내두르고 있을 때였다.

쿵쿵.

시끄러운 발걸음 소리와 함께 누군가가 방으로 걸어 들어왔다.

달치였다.

그는 처음 입어 보는 새카만 정복이 어색한지 옷을 어루만지고 있었다.

허리에 붉은 천을 덧대고 있는 혁련휘의 특별한 정복과는 달리 검은색 위주였지만 달치 또한 생각보다 꽤나 잘 어울렸다.

달치는 답답하다는 듯이 허리춤을 만지며 투덜거렸다.

"달치 이 옷 불편하다. 다른 거 입고 싶다."

"오늘은 좀 참아. 대장한테 특별한 날이니까. 대신 그 행사가 끝나면 네가 좋아하는 거 배 터지게 먹을걸."

불편하다는 듯 정복을 어루만지던 달치는 배 터지게 먹는다는 그 말에 선뜻 손을 뗐다. 그러고는 언제 그랬냐는 듯이 웃으며 고개를 끄덕였다.

달치를 달랜 환야는 구석에 놓아두었던 자신의 정복을 꺼내어 서둘러 입었다. 그러고는 이내 자신의 모습을 휙휙 둘러보고는 만족스러운 표정을 지어 보였다.

"대장보다야 못해도 이 정도면 어디 가도 꿀리진 않겠

네."

그렇게 막 환야가 정복을 갖춰 입은 직후였다.

바깥에서 들려오는 소란스러운 목소리에 환야가 혁련휘를 향해 말했다.

"시간 되신 듯합니다, 대장."

"……가지."

말을 마친 혁련휘는 탁자 위에 올려 두었던 면류관을 들어 올렸다.

교주의 취임식이 있을 마인전에는 이미 수만이 넘는 숫자의 인원들이 구름같이 몰려 있었다. 많은 숫자의 무인들이 각자의 임무를 위해 빠져나갔지만 마교 내부에 남아 있는 이들 또한 적지 않았다.

만여 명에 달하는 정예 무인들, 그리고 아직은 앳된 티를 벗지 못한 젊은 무인들 또한 자리했다.

칠대천을 비롯한 마교 소속의 수많은 수장들이 자리한 이 마인전은 인산인해를 이루고 있었다.

수만 명이 넘는 이들이 모여 있는 마인전은 얼마 전 가짜 소교주 사건이 벌어졌던 장소이기도 했다.

그 마인전의 정중앙에는 붉은 천이 길게 자리하고 있었다.

입구에서부터 시작한 붉은 천은 교주의 의자가 자리하고 있는 단상 위의 상석까지 펼쳐져 있었고, 그 양쪽으로 수만 명의 무인들이 질서 정연하게 자리하고 있는 상황.

성벽을 연상케 하는 높은 담장 위에 있는 공간에서 커다란 북소리가 울려 퍼지기 시작했다.

둥둥둥!

착석하고 있던 무인들이 소리와 함께 동시다발적으로 자리에서 일어났다.

그리고 그 안에는 혈뢰주가의 가주가 된 주자악과, 이모든 일의 배후에 있는 신도율 또한 섞여 있었다. 자리에서 일어나 있는 주자악의 얼굴에는 짜증이 가득했다.

혁련휘를 싫어하는 그로서는 당연히 오늘 이 자리가 좋을 리가 없다. 허나 혈뢰주가의 가주로서, 마교의 무인으로서 새로운 교주의 취임식은 빠질 수 없는 자리였다.

북소리가 길게 이어지던 와중 단상 아래쪽에 선 중년의 사내가 목청 높여 소리쳤다.

"교주님 드십니다!"

그 외침과 함께 단상 위 뒤쪽에 난 길을 통해 혁무조가 천천히 모습을 드러냈다.

혁무조의 등장에 많은 이들의 시선이 그에게로 집중됐다.

이제 교주의 자리에서 물러날 사내, 그럼에도 불구하고 그가 뿜어내는 압도적인 기세는 아직까지도 마교의 무인들에게 존경을 불러일으키기 충분했다.

한 시대를 풍미했고, 수십, 수백 년이 지나도 회자될 마교의 지존 혁무조.

마찬가지로 검은색 정복을 멋들어지게 차려입은 혁무조에게서는 절대자의 기운이 흘러넘쳤다.

아래를 내려다보는 그 시선 속에서 느껴지는 강인함에 마교의 무인들은 절로 무릎을 꿇고, 그런 혁무조를 경배했다.

마교의 무인들이 한목소리로 예를 갖추었다.

"교주님을 뵙습니다!"

수만 명의 쩌렁쩌렁한 외침은 이곳 마인전을 넘어 천하를 뒤흔들 것만 같았다.

그런 그들의 환대 속에 혁무조가 단상의 앞쪽으로 걸어와 섰다. 그는 무릎을 꿇고 있는 자신의 오랜 수하들을 가볍게 스윽 훑어봤다.

낯이 익은 얼굴들도, 잘 모르는 얼굴도 많다.

오랜 시간 마교의 교주에 있었지만 자신을 따르는 십수만이 넘는 무인들의 얼굴을 모두 알 수는 없는 노릇이다.

허나 혁무조에겐 이들 하나하나가 모두 소중했다.

혁무조의 눈빛에 따스한 감정이 서렸다.

"교주로서 자네들 앞에 서는 게 이제야 조금 익숙해진 것 같은데…… 벌써 마지막이라고 생각하니 많이 아쉽군 그래."

그리 크지 않은 목소리.

그렇지만 내공이 실린 혁무조의 목소리는 이 넓은 마인 전 곳곳을 채웠다.

그의 목소리에 담긴 아쉬움을 느껴서일까?

분위기가 숙연해졌다.

그런 분위기를 느껴서일까 혁무조는 곧바로 농담을 던졌다.

"다리가 아파서 당장이라도 앉고 싶은데 말이야 이제는 그러지 못하겠어. 저 자리에 오늘 이 순간부로 새로운 주인이 생겼거든."

항상 자리하던 상석에 위치한 교주의 의자를 가리키며 말하는 혁무조의 말에 많은 이들이 가벼운 웃음을 흘렸다. 그런 그들의 모습에 마찬가지로 혁무조 또한 미소를 지어 보였다.

하고 싶은 말들이 많았다.

이 자리에 있는 이들에게도, 또 없는 이들에게도.

오랜 시간 마교의 교주로 있으면서 겪었던 수많은 일들.

그것들에 대해 모두 이야기하고 싶었다.

허나 그러기엔 시간이 그리 많지 않았다.

혁무조가 천천히 말을 이었다.

"고마웠던 녀석들이 참 많아. 너희들 하나하나가 날 진심으로 따라 줬지. 덕분에 나는 많은 걸 이룬 것 같다. 아마 후세의 많은 이들이 나를 기리며 엄청난 인물이었다 칭송하겠지. 안 그런가?"

자화자찬에 가까운 말투에 다시금 웃음소리가 흘러나올 때 혁무조가 말했다.

"허나 그 모든 게 가능했던 건 바로 자네들이 있어서였어. 나 혼자서는 할 수 없었지. 이곳에 있는 그대들이, 그대의 아버지와 어머니들이 나와 함께해 줬기에 나는…… 강해질 수 있었다."

혁무조의 말이 길어지면서 웃음소리가 거짓말처럼 사라졌다.

웃음기 서려 있는 목소리 안에 담긴 그 진중함이, 마음을 뒤흔드는 솔직함이 이곳에 모인 마교의 무인들에게도 전해졌기 때문이다.

그리고 혁무조의 말을 듣고 있던 무인들 중 그와 오랫동안 함께한 몇몇 노고수들은 자신도 모르는 사이 가볍게 소매로 눈물을 훔치고 있었다.

혁무조란 사내는 교주였지만 자신과 함께 평생을 싸워 온 지기이기도 했으니까. 그런 그가 물러나는 모습을 보고 있자니 이상하게 마음이 아팠던 것이다.

그런 수하의 모습을 보았는지 혁무조가 장난스럽게 손가락질하며 말했다.

"시관호(施觀虎) 이 친구야. 그렇게 늙어 가지고 울면 노망났다는 소리 들어. 강북의 호랑이라 불리던 노친네가 많이도 늙었군그래."

자신을 가리키며 말하는 혁무조의 모습에 시관호는 재빠르게 눈물을 닦아 내고는 모르는 척 시치미를 떼며 대꾸했다.

"울긴요. 강북의 호랑이에겐 눈물이 없습니다, 교주!"

큰 소리로 소리치는 시관호의 모습에 혁무조는 고개를 끄덕였다. 그러고는 이내 그런 시관호를 비롯한 다른 모두를 향해 들으라는 듯 소리쳤다.

"그래, 다들 슬퍼하지 말라고! 내가 죽은 것도 아니고 일선에서 물러나는 것뿐인데 이리들 울어 대서야 내가 맘 편히 쉴 수나 있겠느냐?"

놀리듯 밀해 대던 혁무조가 잠시 말을 멈추고는 좌중을 조용히 훑어보았다. 그의 눈이 수만 명에 달하는 마교의 무인들을 응시했다.

그러고는 이내 천천히 그들을 향해 포권을 취해 보이며 입을 열었다.

"그대들과 함께해…… 영광이었다."

천하제일, 불세출의 무인이라 불리던 혁무조의 그런 모습에 많은 이들이 감정이 격해져서는 한목소리가 되어 소리쳤다.

"당신을 모셔서 영광이었습니다, 교주님!"

연달아 터져 나오는 고함 소리를 혁무조는 눈을 지그시 감고 듣고 있었다.

이 환호를, 이 교주라는 외침을 마지막으로 마음에 담으리라.

그리고 마교 무인들의 외침에 마음이 가득 채워졌다 느꼈을 때가 되자 혁무조가 서서히 눈을 치켜떴다.

그가 씩 웃어 보이고는 이내 마인전의 입구를 응시하며 소리쳤다.

"자, 이제 그럼 내가 아닌 새로운 주인공을 모셔 볼까?"

혁무조의 외침과 함께 잠잠했던 북소리가 다시금 천지를 진동시키기 시작했다.

둥둥! 둥!

이어지는 북소리, 그리고 그 소리에 맞추어 커다란 마인전의 입구로 한 사내가 걸어 들어오고 있었다. 정복에 면류관을 머리에 쓴 그자는 곧바로 길 위에 자리한 붉은 천 위에 몸을 실었다.

혁무조가 서 있는 단상까지 길게 이어져 있는 붉은 천으로 만들어진 길.

그 길 위를 사내가 걸어오기 시작했다.

마교의 수없이 많은 무인들 사이를 걷는데도 불구하고 그 사내의 존재감은 가히 독보적이었다. 수많은 이들은 그의 존재에 시선을 줄 수밖에 없었다.

단상 위에 서 있는 혁무조와 무척이나 닮아 보이는 사내.

마교의 대공자였지만 오래전 갑작스레 실종되었던 아이.

그리고 느닷없이 돌아오더니 고작 일 년여의 시간 안에 마교의 칠대천을 비롯한 수많은 이들을 굴복시켜 발아래 놓은 존재.

혁련휘…… 마교의 대공자였고, 이제는 교주가 될 사내다.

혁련휘가 지나가는 길목에 위치했던 무인들은 약속이라도 한 듯 그의 움직임에 맞추어 다시금 무릎을 꿇었다.

수만 명에 달하는 무인들이 혁련휘의 움직임에 맞추어 예를 갖춘 것이다.

마교의 수많은 무인들의 환대 속에 혁련휘는 점점 혁무조와 가까워지고 있었다.

십 장, 오 장, 그리고 이내 일 장 정도의 거리.

계단을 사이에 둔 채로 부자(父子)의 시선이 뒤엉켰다. 참으로 하고 싶은 말이 많다. 그렇지만 혁련휘도, 혁무조도 서로에게 아무런 말도 꺼내지 않았다.

지금 이 시선이 서로에게 많은 것들을 이야기하고 있었으니까.

혁련휘의 눈빛이 혁무조에게 말했다.

오랫동안 고생했다고.

그리고 그런 눈빛에 혁무조는 답한다.

이제부터 마교를 부탁한다고.

단상 아래에서 자신을 올려다보고 있는 혁련휘를 향해 혁무조가 가볍게 손짓하며 말했다.

"올라오너라. 네 발로 이 자리까지."

교주의 의자가 있는 곳까지의 거리는 고작 십여 걸음. 하지만 천하의 주인이 되는 그 한 걸음, 한 걸음이 어찌 가벼울 수만 있으랴.

잠시 혁무조를 응시하던 혁련휘가 이내 걸음을 내딛기 시작했다.

그의 걸음이 마침내 혁무조의 지척에까지 이르렀을 때

다. 그가 혁련휘의 소매를 잡고는 의자 쪽으로 가볍게 몸을 돌렸다.

가만히 서 있는 혁련휘의 어깨에 손을 얹은 혁무조가 입을 열었다.

"앉아라."

혁무조의 말에 혁련휘는 짧게 숨을 내쉬고는 이내 교주의 의자에 천천히 자신의 몸을 앉혔다. 그리고 그런 혁련휘를 대견하다는 듯 바라보던 혁무조가 이내 그의 어깨에서 손을 떼고는 힘 있는 목소리로 선언했다.

"지금 이 순간부터 네가…… 이 자리의 주인이자, 천하의 주인이다."

4장. 흑막 거동

─ 준비시켜

해임이라는 말에 북천회의 비밀 회의장 안에는 긴 침묵이 이어졌다. 자리하고 있는 수십 명의 인물들이 놀란 눈으로 서로를 확인했다.

마치 지금 자신이 들은 게 맞냐는 듯한 눈빛을 주고받던 그들의 시선이 이내 해임의 주인공인 관천위에게로 향했다.

모두의 시선이 향한 그곳에 위치한 관천위의 표정은 복잡했다. 그렇지만 이내 그는 정신을 차리고는 억지로 미소를 지어 보였다.

당황스럽고 불쾌한 건 사실이다.

그렇지만…… 해임안은 무리수다.

확신이 있는 관천위가 곧바로 비설의 말에 대답했다.

"해임이라…… 당황스럽군요."

"해임안을 내놓는 게 불가능한 건 아니죠."

"물론입니다. 북천회 내부 규정상 그대라면 얼마든지 회주의 해임에 대한 의견을 공식화할 수 있지요. 다만 너무 갑작스러워서 말입니다. 그런 건의를 하신 이유가 무엇인지요?"

물어 오는 관천위의 시선이 비설에게서 슬그머니 도재하에게로 향했다.

비설이 내민 해임에 대한 이야기.

그 뒤에 도재하가 없을 리 없다.

관천위는 비설이나 도재하 둘 모두를 싫어했다.

사이가 좋은 건 아니었지만 정파 무림의 미래를 위해 자신과의 마찰을 최대한 피해 오던 도재하다.

그러던 그가 움직였다.

이유가 없을 리 없다.

'……알아차린 모양이로군.'

도재하가 움직일 이유는 오로지 하나다.

비설, 그녀를 죽이려고 했던 자신의 계획이 드러났기 때문이다. 그 사실을 어렴풋이 짐작했지만 관천위는 오히려 되물었다.

해임안을 내놓은 이유가 뭐 때문이냐고.

비설을 노렸다는 사실이 공표되면 관천위 본인이 위험해질 수도 있는 상황, 그런데도 불구하고 그 같은 말을 자신이 먼저 꺼낸 건 이유가 있다.

그들이 공적인 자리에서 그 같은 이야기를 꺼낼 수는 없다는 사실을 잘 알아서다.

도재하나 비설이 가장 두려워하는 건 북천회 내부의 분열이다.

비설을 노리고 일을 벌인 사실을 어떻게 알아챈 건지는 모르겠지만 어차피 그 모든 걸 증명하는 건 쉬운 일이 아니다.

정확한 증거를 찾아내는 게 결코 쉽지 않은 상황에 그 같은 말로 북천회 내부를 흔들려고 해 봤자 어차피 내전만을 불러일으킬 뿐이다.

그리고 관천위가 예상한 대로 비설은 진짜 이유가 아닌 다른 이야기를 꺼냈다.

"북천회가 생긴 지 벌써 꽤나 긴 시간이 지났으니까요. 아무리 연임이라는 정책이 있다고는 해도 고인 물은 썩기 마련이지요. 지금쯤 한번 전체적으로 내부를 다질 시기라 여겨집니다."

말을 내뱉은 비설이 가만히 관천위를 바라봤다.

서로 진심을 숨긴 채로 주고받는 말들. 그렇지만 이건 양측 모두 물러설 수 없는 싸움이었다.

북천회의 우두머리인 회주의 자리는 마교 교주와는 다르다.

마교는 한 명의 무인이 자신의 능력으로 교주의 자리에 오르는 데 비해, 북천회는 예전에 존재했던 무림맹처럼 자신들의 수장을 회의를 통해 뽑는다.

당연히 임기 기한 또한 정해져 있고, 그 기한이 지나면 다시금 정파의 많은 이들이 모여 다음 수장을 정한다.

물론 무림맹 때와는 상황이 다르다 보니 조금 다른 부분이 있다.

바로 연임이다.

특별한 문제로 해임이 되지 않는 한 자연스레 회주의 자리를 연달아 맡는다는 거다.

연임이라는 규칙이 생긴 이유는 몇 가지가 있다.

첫째는 예전 무림맹 시대와는 달라진 상황 때문이다. 모이기가 쉽지 않다 보니 계속해서 주기적으로 수장을 바꾸기에는 여러 가지 문제가 따른다.

두 번째로 단결력 때문이다.

가뜩이나 힘든 시기, 계속해서 수장이 바뀌다 보면 결집

력이 약해질 수 있다. 하나의 강한 힘, 그 힘으로 묶여야 살아갈 수 있는 난세다.

난세를 타개하기 위해 회주에게 큰 권력을 줬고, 또 그 자리를 견고하게 만들 필요가 있었다.

그래야만 모두가 따를 테니까.

그 외에도 회주가 될 만한 자질을 지닌 이들의 숫자가 적다는 등의 자잘한 몇 가지 이유들이 있었지만, 그러한 것들 때문에 북천회의 수장은 마교의 교주처럼 계속해서 우두머리의 역을 맡아 오고 있었다.

그리고 비설은 그러한 부분에 대해 이야기하며 새로운 회주의 필요성이 대두되는 시기라 주장하고 있는 것이다.

회주 자리에서 물러날 생각은 눈곱만큼도 없었지만 관천위는 믿는 구석이 있었다. 그랬기에 그는 담담하니 그런 비설의 말에 고개를 끄덕였다.

"해임안을 받아들이지요. 단, 북천회의 규율대로 진행해야 한다는 점도 알아 두셨으면 합니다."

관천위가 믿는 것, 그건 바로 내부의 규율이었다. 북천회가 생길 때부터 가장 염려했던 부분은 다름 아닌 밥그릇 싸움이었다.

권력을 잡기 위해 누군가가 욕심을 내게 된다면 비밀 집단인 북천회는 흔들릴 수밖에 없었다. 그랬기에 연임과 함께 만들어진 해임에 대한 규칙.

해임에 대한 찬반 의사를 표명할 수 있는 이들의 숫자는 열두 명.

일반적으로 반수가 넘는다면 그 안건은 통과되지만……
해임은 달랐다.

열두 명 중 무려 열 명.

절반 이상이 훨씬 넘는 이들이 찬성의 뜻을 보여야 해임이 가능해진다.

누가 봐도 그릇된 행동을 했을 때에만 해임이 가능하도록 하기 위한 정책인 셈이다.

그렇지만 그건 반대로 그만큼 확실한 자기편만 있다면 해임이 불가능해진다는 말이기도 했다.

그리고 그 열두 명 중 넷.

네 명의 확실한 아군을 관천위는 지니고 있었다. 그렇게 된다면 반대로 해임에 찬동할 자들의 숫자는 고작 여덟 명밖에 되지 않는다는 거다.

아무리 반수를 훨씬 넘는 숫자라고 해도 그들만으로는 이번 해임안을 통과시킬 수 없다는 소리였다.

규율대로 하자는 관천위의 말에 비설은 기다렸다는 듯 고개를 끄덕였다.

"그러죠."

아무렇지 않게 대답하는 비설의 모습을 보며 관천위는 이상하다는 생각이 들었다.

자신이 규율에 대해 이야기한다면 다른 무슨 제안을 하거나 핑계를 대며 그 기준에 대해 바꾸려 들 거라 여겼다. 그런데 비설은 전혀 그러지 않았다.

오히려 순순히 그러자는 뜻을 내비친 것이다.

분명 그들 또한 그 열두 명 중 네 명이 자신의 사람이라는 걸 알고 있을 터. 그런데도 불구하고 이 같은 제안이라니?

관천위는 도재하를 슬그머니 곁눈질로 확인했다.

'대체 무슨 꿍꿍이인 게냐.'

과연 도재하가 승산 없는 싸움을 자신에게 걸었을까?

누가 봐도 무효로 돌아갈 이런 제안을 한 이유가 도대체 뭘까? 아무리 생각해 봐도 시간을 끌려 한다는 것 말고는 딱히 의심되는 뭔가를 찾기 어려웠다.

무표정한 얼굴의 도재하를 보며 떠오르는 이 알 수 없는 불안감을 관천위는 애써 부정했다.

'무슨 생각인지는 모르겠지만, 이 해임안이 통과할 리가 없어.'

그런데 왜까?

점점 밀려오는 이 알 수 없는 불안감은.

비설이 다른 이들을 바라보며 말을 이었다.

"그 외의 다른 안건들은 이 해임안에 대한 투표가 이루어진 후에 하도록 하죠. 해임에 대해 찬반을 정하실 수 있는 분들 중에 몇몇 분은 이곳에 참석하지 못하셨습니다. 그분들에게 의사를 물어야 하기에 그 이후에 이 자리에서 다시금 해임안에 대해 마무리 짓도록 해요."

말을 마친 비설이 몸을 돌려 회주인 관천위를 향해 포권을 취했다.

그녀가 짧게 말했다.

"열흘 후 다시금 이 자리에서 뵙죠, 회주님."

알 수 없는 묘한 표정의 그녀를 보고 있던 관천위가 결국 고개를 끄덕였다.

"……그러지요."

관천위는 직감적으로 느꼈다.

이번 싸움의 승자가 북천회의 미래가 될 것이라는 걸.

*   *   *

혁련휘의 교주 취임식이 끝난 직후 거처로 돌아온 주자악의 표정은 그리 좋지 않았다. 그는 입고 있던 정복을 거칠게 벗어서 침상에 집어 던졌다.

가장 꼭대기에 서서 자신을 내려다보던 혁련휘의 그 시선이 자꾸 기억에 아른거린다.

"망할, 그딴 새끼에게……."

고개를 조아려야 했고, 그걸로 모자라 취임식의 중요한 행사 중 하나인 구배지례까지 올렸다. 아홉 번이나 혁련휘를 향해 무릎을 꿇으며 점점 치밀어 오른 것은 그에 대한 존경심이 아닌 분노였다.

최근 들어 조금씩 자제할 수 있게 되었던 감정이 오늘따라 이상하게 조절하기 힘들다.

심마환혈공을 익히며 한동안 점점 커져 가는 감정 기복에 힘들어하던 주자악이다. 그렇지만 시간이 점점 지나갈수록 보다 높은 경지에 올랐고, 신도율의 말대로 참기 힘들 정도까지 화가 나는 경우가 점점 드물어졌다.

그런 사실에 못내 기분이 좋았거늘…….

거친 욕설을 내뱉어 대는 주자악의 뒤편으로 한 사내가 천천히 모습을 드러냈다.

신도율이었다.

"괜찮으십니까?"

"아아, 버틸 만해. 다만 그놈에게 조아려야만 했던 내 머리를 부숴 버리고 싶을 뿐이야."

"심마환혈공은 감정을 뒤흔드는 무공입니다. 보다 침착

함을 유지하셔야지 대성에 가까워지실 겁니다."

"알지. 아는데…… 이상하게 짜증이 좀 나는군."

"그래도 많이 좋아지셨습니다. 조금만 더 버티시지요."

"다 네 덕분이지."

주자악이 기분 좋은 미소를 머금으며 고개를 끄덕였다.

심마(心魔)에 빠지게 되는 건 아닐까 하던 일말의 걱정
도, 최근 나아지기 시작한 몸 상태로 인해 모두 사라진 상
황이다.

그렇지만…… 그건 착각이었다.

주자악을 바라보던 신도율의 입가에 비웃음이 걸렸다.

'꼭두각시가 다 되어 가는군.'

낫는다고 생각되어지는 지금이 오히려 마지막으로 치닫
기 직전이라는 걸 잘 알기 때문이다. 애초부터 심마환혈공
을 주자악에게 준 이유는 하나였다.

이 무공으로 그를 자신의 꼭두각시로 만들 수 있다는 사
실을 알았으니까.

말도 하고 정신도 남아 있지만 원한다면 언제든지 신도
율은 주자악을 조종할 수 있다.

바로 지금처럼.

"천마총(天魔塚)에 대한 일정이 곧 정해질 것 같다더군
요."

"그렇겠지. 정해진 규율이니까. 전해 듣기론 아마 삼 일 후에 떠나게 될 것 같다고 하던데."

천마총은 마교의 창시자인 천마의 무덤이다.

물론 진짜 그의 유해는 그곳이 아닌 자하도에 있다. 그렇지만 상징적으로 천마에 대한 존경의 의미로 만든 것이 바로 천마총이다.

천마총은 마교에서부터 약 닷새가량 떨어진 곳에 위치하고 있다. 자하도로 가는 길목에 위치한 천마총, 그리고 대대로 마교의 교주가 되는 이는 천마총에 인사를 가곤 한다.

그건 혁련휘 또한 마찬가지였다.

교주직에 오르고 열흘 이내에 그곳에 찾아가 새로운 시대가 왔음을 알리는 것이 관례다.

물론 천마총으로 향하는 건 혁련휘뿐만이 아니다.

아무리 마교의 세력권이라고 해도 불순한 이들이 위험한 일을 벌일지도 모르는 법, 많은 숫자의 무인들이 호위하고 뒤따른다.

원래대로였다면 그 숫자가 훨씬 더 많긴 했겠지만 이번 새외의 일 때문에 혁련휘를 보필할 무인들의 숫자는 얼추 이천여 명 정도로 정해졌다.

평소에 비하면 절반도 채 되지 않는 숫자였지만 이 정도만 해도 어지간한 세력은 반나절 안에 전멸시킬 정도의 규모다.

삼 일 정도 후에 떠난다는 말을 전해 들은 신도율이 곧바로 말을 받았다.

"이번에 저희가 책임져야 할 무인들은 제가 정해서 보내도 되겠습니까?"

"호위 명단에 들어갈 이들을 네가 정한다고?"

"네."

"어째서 그런……."

말을 막 내뱉던 주자악의 눈을 신도율은 가만히 응시했다. 새카만 그의 눈동자에서 빛이 흘러나오는 그 순간 주자악의 눈동자가 흔들렸다. 갑자기 눈을 크게 끔뻑한 그가 아무렇지 않게 고개를 끄덕였다.

"그렇게 해."

탁하게 변해 버린 주자악의 눈동자.

이미 그는 신도율의 섭혼술에 조종당하고 있었다.

심마환혈공을 통해 빠져든 심마의 단계, 그리고 그런 그를 조종할 수 있는 섭혼술인 탈혼마언(奪魂魔言)을 통해서.

애초부터 심마환혈공과 탈혼마언은 하나다.

심마환혈공을 통해 무공이 급상승한 자들을 수족처럼 부리기 위해 만들어진 섭혼술이 바로 탈혼마언인 셈이다.

그랬기에 신도율은 주자악에게 심마환혈공이라는 무공

을 주었다. 이렇게 그를 이용하기 위해서.

탈혼마언이라는 섭혼술을 통해 이렇게 강제로 의지를 주입받게 되면 그때부터 주자악은 자신의 생각으로 정하지 않은 행동에도 아무런 의심을 하지 않는다.

그게 자신의 생각이 되어 버리니까.

확답을 전해 들은 신도율은 천천히 포권을 취했다.

허락이 떨어진 이상 더는 이곳에서 머뭇거릴 시간이 없었다.

"전 그럼 이만. 쉬십시오, 가주님."

짧은 인사를 마친 신도율은 멍하니 앉아 있는 주자악을 뒤로한 채 곧바로 가주의 거처를 빠져나왔다. 그리고 신도율이 바깥으로 나오는 걸 확인한 누군가가 휙 하니 날아들었다.

탁.

바닥에 착지한 이는 우치였다.

우치에게 시선을 준 신도율이 짧게 명령을 내렸다.

"애들 준비시켜."

*　　　*　　　*

마교 한쪽에 위치한 혈뢰주가의 장원.

한때는 수천 명이 기거했던 혈뢰주가의 지역은 꽤나 컸다. 그런 혈뢰주가의 외곽에 커다란 창고 하나가 존재했다.

예전엔 쌀을 비롯한 각종 식자재들을 놓아두던 창고였는데 몇 년 전을 기점으로 하여 그 모든 것들이 다른 곳들로 옮겨지고 이곳은 이제 텅 비어 버린 개인 소유의 창고가 되어 있었다.

그리고 이 창고의 주인, 그는 바로 신도율이었다.

혈뢰주가 내부에서도 외곽에 위치하고 있고, 인근에 딱히 뭣도 없는 탓에 인적이 드문 그 창고에 한 사내가 모습을 드러냈다.

섭선으로 얼굴을 가린 채 나타난 건 우치였다.

우치는 슬쩍 주변을 둘러보고는 아무런 인기척도 없다는 걸 확인하고서야 굳게 잠겨 있던 창고의 문을 열고 안으로 걸어 들어갔다.

창고 안은 휑했다.

몇 가지 자잘한 가구들이 바닥에 널브러져 있을 뿐 별다른 특이점은 전혀 보이지 않았다. 우치가 움직이기 전까지는 말이다.

우치는 한쪽으로 다가가 널브러져 있는 가구들을 옆으로 밀었다. 그렇게 사방을 에워싸듯 자리한 네 개의 가구를 정확히 어딘가로 움직인 직후였다.

크르르릉.

돌끼리 갈리는 소리와 함께 평범했던 창고 내부의 바닥이 열리기 시작했다.

새카만 입을 드러낸 비밀 통로는 무척이나 넓었다.

삐이이익.

우치가 그 비밀 통로 안으로 가볍게 휘파람을 불었다. 그러자 어둡기만 하던 비밀 통로 내부에서 자그마한 울림이 들려오기 시작했다.

그것은 꽤나 많은 숫자로 이루어진 이들의 발걸음 소리였다.

그 소리가 들려온 지 얼마 되지 않아 이내 그 비밀 통로를 통해 많은 무인들이 슬그머니 모습을 드러내기 시작했다.

가장 선두에서 모습을 드러냈던 중년 사내가 우치를 발견하고는 부복했다.

"불사구화대(不死九火隊) 전원 명을 받들고 마교로 복귀했습니다."

불사구화대는 마교에 속한 하나의 무력 단체다.

크게 뛰어난 부대가 아니었지만 그건 겉으로 알려진 모습이다. 실제로 그들은 신도율의 수하들로 무척이나 강한 무인들이었다.

불사구화대뿐만이 아니다.

마교 내부에 이런 감춰진 비밀 세력들만 해도 수십 개다. 이 모든 게 혁무조에게 패했던 십여 년 전부터 시작된 마교 잠식 계획의 일환이다.

물론 그것이 전부는 아니다.

마교 내부뿐만이 아니라 중원 곳곳에 수많은 무력 단체들이 신도율의 휘하에 자리하고 있다. 일전에 비설에게 전원 몰살당했던 혈갑도수대도 그들 중 하나에 불과했다.

우치가 예를 갖추는 그에게 물었다.

"다른 놈들은?"

"이미 주변에서 대기 중이고, 순차적으로 내부로 잠입할 예정입니다. 말씀하신 나머지 병력들은 바깥에서 대기하고 명령을 기다리고 있습니다."

"좋아, 그럼 우선 넌 네 대원들이 다 들어오면 나가서 대기조에게 이 서찰을 전해."

우치가 건넨 서찰을 건네받은 사내가 그것을 품 안에 넣었다.

그가 물었다.

"서찰을 그들에게 전하고 전 어떻게 할까요?"

"넌 마교로 정식으로 복귀해. 불사구화대를 비롯해 최대한 많은 이들이 새로운 교주의 천마총 방문에 관련해서 호위를 서야 하니까."

"호위…… 말입니까?"

사내의 떨떠름한 질문에 우치가 그의 어깨에 두툼한 팔을 두르며 말했다.

"왜? 맘에 안 들어?"

"아뇨. 급히 호출하시기에 드디어 그때가 온 건가 했는데 갑자기 호위를 명하시기에 김이 빠져서 말입니다."

"후후. 걱정하지 말라고. 네 임무는 호위만이 아니거든."

"호위만이 아니라면……?"

눈을 빛내며 물어 오는 사내의 귓가로 자신의 얼굴을 들이민 우치가 자그맣게 속삭였다.

"천마총 옆에 새로운 무덤이 하나 만들어질 예정이거든."

슬쩍 돌려 말하고 있었지만 사내는 알 수 있었다.

천마의 형식적인 무덤인 천마총, 그 옆에 새로운 무덤이라면…… 혁련휘의 것을 말하는 게 분명하다. 그리고 그 말은 곧 이번 출정의 진짜 목표는 호위가 아니라는 걸 말해 주고 있었다.

신도율과 그를 따르는 이들의 숫자는 분명 적지 않았다.

몇천에 달하는 무인들이 그의 아래에서 움직이고 있었으

니까. 허나 그렇다고 해도 그들만으로 마교를 집어삼키는
건 무리였다.

마교의 힘은 압도적이었으니까.

그런 지금 혁련휘가 마교를 떠나 천마총으로 향한다. 다
시없을 호재, 이런 기회를 신도율이 놓칠 리가 없었다.

더군다나 지금 신도율의 계략 때문에 마교의 병력의 상
당 부분이 새외 세력과의 싸움을 위해 변방으로 향해 있다.

그리고 그 모든 건 바로 이번 일을 위해 준비해 둔 계책
이었다.

새로운 교주 혁련휘가 확실히 마교를 장악하기 전에 그
의 숨통을 끊는다.

우치는 상상만으로도 기분이 좋았는지 손등으로 자신의
코를 스윽 훑었다. 혁련휘 일행에게 쌓인 게 무척이나 많은
그다.

'비설, 그 망할 계집이 없는 게 조금 아쉽지만…….'

혁련휘, 환야 그리고 달치까지.

죽이고야 말 것이다. 그 셋 모두를.

그렇게 그들이 노리고 있는 천마총으로의 일정이 천천히
다가오고 있었다.

*   *   *

북천회의 일 차 비밀회의가 끝나고, 모여 있던 무인들은 우선적으로 인근 마을로 분산하듯 퍼져 나갔다. 며칠 정도야 길목을 막고 지나다니는 이들의 움직임을 파악했지만 그것도 너무 길어진다면 문제가 생길 수도 있는 노릇.

그랬기에 모여 있던 이들은 각자 인근의 마을들로 정체를 감추고 숨어들었다.

그리고 그건 회주인 관천위 일행도 마찬가지였다.

관천위는 자신의 세력을 이끌고 자그마한 마을에 몸을 감췄다.

객잔에 있는 커다란 방에 관천위와 손자인 관하경, 그리고 유령 밀부의 수장인 남궁무까지 함께 자리했다.

회의가 끝나고 이틀이 지났다.

그동안 혹여 도재하나 비설 쪽에서 무언가 연락을 취하는 게 아닌가 했거늘 그쪽은 잠잠했다.

자리에 앉아 뭔가를 골똘히 생각하고 있는 관천위를 향해 관하경이 말을 걸었다.

"뭘 그리 고민하십니까?"

"도통 이해가 안 가서."

"그들의 제안에 대해 아직도 고민하고 계시는군요."

"상식적으로 이해가 안 되지 않느냐. 그들이 동원할 수 있는 머릿수는 여덟에 불과하다. 네 명의 내 사람들이 있는 이상 그들이 아무리 날고뛰어도 이번 해임안을 통과시킬 수가 없을 터인데……."

"그냥 가짜 패 아닐까요? 저희를 긴장시키려는 패 말입니다."

"끄응, 도재하 그놈이 그런 말도 안 되는 수를 던질 작자가 아닌데 말이야."

고민하는 관천위를 향해 관하경이 걱정 말라는 듯 자신 있는 목소리로 말했다.

"걱정하지 마시지요. 어차피 할아버님의 말씀대로 우리에게 네 명의 아군이 있는 이상 그들은 해임안을 통과시킬 수 없을 테니까요."

"……후우, 그래. 네 말이 맞다. 괜한 걱정이겠지. 어쩌면 네 말대로 내가 비설을 영의 자리에서 쫓아내려 하자 맞불 작전을 펼치는 건지도 모르겠구나."

아예 가능성이 없는 이야기는 아니다.

자신이 비설을 노렸다는 사실을 안다면 그런 식으로 무언의 압박을 가하는 걸 수도 있다. 영의 자리를 건드리면 자신들 또한 회주의 해임안을 내놓을 수 있다는 그런 경고 말이다.

관천위가 말없이 앉아 있는 남궁무에게 시선을 돌렸다.

"어찌하면 좋겠는가?"

"가장 중요한 건 역시나 그들이 어느 정도까지 아는지를 파악하는 게 먼저일 것 같습니다. 비설을 죽이려 했던 그 계획을 어떻게 안 것인지도 파악해야 할 테고요."

"비밀리에 행했던 일이라 아는 이가 그리 많지 않을 터인데…… 대체 어디서 흘러 나갔는지 모르겠군."

"도재하의 세력이 생각 이상으로 큰 걸지도 모르겠습니다."

"망할 자식, 사사건건 방해로군."

비설이 두려운 건 그녀가 가지는 상징성 때문이다.

그렇지만 그녀 하나뿐이었다면 관천위가 이리도 어려운 상대로 여기지는 않았을 게다. 문제는 비설의 뒤에 있는 실질적인 북천회 내부 최대 세력을 지니고 있는 도재하라는 존재다.

상징성을 지닌 비설과, 힘을 가진 도재하의 합공이라면 아무리 회주인 관천위라 해도 버틸 재간이 없었다.

그랬기에 애초에 둘 중 하나라도 제거하기 위해 비설을 노렸던 것인데…….

관천위가 턱을 괸 채로 나지막이 중얼거렸다.

"비설 그 아이를 어떻게든 죽여야 하는데 말이야."

지금은 어떻게 넘긴다 해도 또 결국 나중에 둘은 힘을 합쳐 자신에게 반기를 들지도 모르는 노릇. 그랬기에 그녀를 영의 자리에서 쫓아내고 그곳에 관하경을 앉히려 하는 관천위였다.

그런 관천위의 중얼거림에 관하경이 슬그머니 입을 열었다.

"할아버님, 죽이는 것 말고 다른 방법이 하나 있습니다."

"다른 방법?"

"우리 가문과 연을 맺는 것입니다."

살짝 돌려 말했거늘 눈치 빠른 관천위는 곧바로 그가 하고자 하는 게 무엇인지 알아차렸다. 관천위가 물었다.

"연이라면 설마…… 혼인을 말하는 게냐?"

"예, 그렇습니다."

"안 될 소리다. 명예로운 우리 가문의 사내가 그런 근본도 없는 아이와 혼인이라니. 더군다나 넌 지금 혼인을 약속한 여인도 있지 않더냐."

"약속을 한 것이지 아직 한 건 아니지 않습니까."

"종남파 장문인과 척을 지라는 소리인 게냐?"

"종남파 장문인과 도재하, 둘 중 누가 더 무게가 있습니까? 비설을 손에 넣으면 도재하도 따라오게 됩니다."

나름대로 일리가 있는 설득이라 생각하고 있는 관하경을

관천위가 말없이 지그시 바라봤다.

관천위는 알고 있다. 자신의 손자가 왜 이런 제안을 하는지.

비설의 매력 때문이리라.

실로 빼어난 미모다. 빼어나도 너무 빼어나서 학관에는 사내로 위장해 잠입시켜야 했을 정도로.

세상을 뒤흔들 미모를 가지고 있는 그 여인의 모습에 사내라면 어찌 혹하지 않을 수 있으랴.

언제나 차분하게 일 처리를 해야 한다 그리 가르쳤거늘, 비설이라는 여인의 미모는 실로 치명적이었다. 그토록 오랜 시간 가르친 자신의 손자가 흔들릴 정도로.

그 사실을 이해하면서도 화가 나는지 관천위는 한숨을 내쉬며 중얼거렸다.

"후우, 미모에 눈이 멀어 가장 중요한 부분을 놓치고 있구나."

"……놓치고 있다면 무엇을 말씀하시는 겁니까?"

물어 오는 관하경을 향해 관천위가 딱딱한 어투로 답했다.

"비설이라는 인물은 생각보다 호락호락하지 않다는 걸."

"저도 결코 호락호락하지 않습니다."

"아니! 이 녀석이 그래도……!"

버럭 소리를 치며 자리에서 일어났던 관천위가 갑자기 멈칫했다. 객잔 계단을 통해 들려오는 발걸음 소리에 그가 화를 억누른 채로 천천히 다시금 자리에 주저앉았을 때다.

그들이 있는 방으로 다가온 소란스러움의 주인공이 곧바로 문 건너에서 말을 걸어왔다.

"그, 급히 보고드릴 일이 있습니다."

목소리의 주인공은 오랜 시간 관천위의 옆에서 움직여 온 목유성이라는 자였다. 그는 관천위의 최측근으로, 비밀스러운 일도 함께할 정도로 깊은 신뢰를 지닌 자다.

그런 목유성의 다급한 목소리에 관천위가 짧게 대답했다.

"들어오게."

대답이 떨어지기 무섭게 문을 벌컥 열고 들어온 그의 얼굴은 사색이 되어 있었다. 심상치 않아 보이는 목유성의 표정에 관천위가 왜 그러냐는 듯 물었다.

"무슨 일인가?"

"……하북팽가의 팽월이 도재하에게 붙었습니다."

"뭐?"

너무 놀라 벌떡 일어선 관천위의 허벅지에 부닥친 탓에 탁자 위에 자리하고 있던 찻잔이 쏟아졌다. 뜨거운 물이 탁자 위를 흥건히 적셨지만 지금은 그런 것이 문제가 아니었다.

하북팽가 팽월이라면 관천위를 지지하는 네 명 중 하나였다. 그런 그가 돌아섰다?

회주직에서 해임되는 불상사가 일어나지 않도록 나름 준비해 둔 안전책 중 하나인 팽월, 그가 돌아섰다는 말에 사색이 된 관천위가 다급히 물었다.

"팽월이 배신을 했다는 겐가?"

"배신이 아니라 처음부터 도재하 측 사람이었나 봅니다. 저희에게 붙은 척했지만 사실은 그쪽에서 심어 두었던 사람이었던 것 같습니다."

"……십수 년이 넘게 날 속여 왔다고?"

관천위는 분한 듯 이를 갈다가 더는 참지 못하고 주먹으로 탁자를 내리쳤다.

쾅!

"젠장! 이거였더냐, 비설!"

"회주님, 진정하시지요. 아직 저희에겐 세 명이 남아 있습니다. 한 명이 넘어가긴 했지만 그래도 세 사람이 저희 손을 들어 주는 이상 회주직은 안전……."

"모르는 소리!"

말을 해 오는 남궁무를 향해 관천위가 버럭 소리를 내질렀다.

처음부터 이상하다 생각했다.

절대 통과할 수 없는 회주의 해임안을 들고 나왔을 때부터 알아챘어야 했다. 뭔가 꿍꿍이가 있을 거라 여기면서도 그저 자신에게 겁박을 하는 용도의 계책일 거라 여겼다.

그런데 아니다.

남궁무의 말대로 세 명만 끝까지 자신의 편을 들어 준다면 안전하다.

그렇지만…… 과연 그렇게 안심하고 있어도 될까?

안심하고 있다가 이렇게 뒤통수를 강하게 맞지 않았던가.

어차피 네 명이 편을 들어 주나, 셋이 들어 주나 회주직이 위험하지 않은 건 변함없다. 그런데도 불구하고 일을 벌였다면 그만큼 뭔가 믿는 구석이 있다는 소리가 아니던가.

자신의 편이라 여겼던 세 사람 중 또 다른 변절자가 있는 거라면? 아니, 없었다고 해도 한 명이 돌아섰다는 사실을 알게 된다면?

넷과 셋.

고작 한 명 차이지만 받아들이는 입장에서는 너무도 다르다. 단 한 명만 돌아서는 그 순간 모든 것이 변해 버리니까.

사람의 심리란 게 그렇다.

굳건했던 결속도 불안해지는 순간 약해질 수밖에 없다.

만약 이 상태에서 또 다른 무슨 일이 벌어진다면…… 회주 자리가 위태로워진다.

관천위가 다급히 자신을 찾아온 목유성에게 명령을 내렸다.

"지금부터 당장 모든 이들을 동원해서 도재하와 내 손을 들어 줄 세 사람을 감시해. 도재하가 그중 누굴 또 만나는지, 아니면 예전부터 종종 만나 왔던 이는 없는지도 확인하고. 하나도 놓쳐서는 아니 될 게야. 알겠는가?"

"예, 곧바로 조치하겠습니다."

말을 마친 목유성은 급히 바깥으로 뛰쳐나갔다.

사라진 목유성을 뒤로한 채로 관천위는 얼굴을 감싸 쥐고 털썩 자리에 주저앉았다.

'남은 셋 중 분명 누군가 하나를 노릴 게야.'

그렇게만 된다면 그들은 열 명의 인원을 갖추는 것이고, 자신을 회주 자리에서 밀어낼 수 있다.

도재하와 비설과 접촉할 다른 한 명을 알아내기 위해 급히 사람을 보내긴 했지만…… 정말로 그들 중 누구 하나라도 도재하와 비설의 편에 선다면?

그때는 감당할 수 없는 일이 벌어질 것이다.

관천위가 심각해진 얼굴로 자신의 입술을 잘근잘근 깨물

었다.

일이 이리된 이상 또 다른 배신자가 나올 것은 배제할 수 없는 상황.

'찾아야 한다. 지금 이 난관을 타개할 방법을 찾아야 해.'

5장. 천마총
— 드디어 만나는군

　마교의 많은 이들이 분주했다.

　교주의 취임식 이후 곧 있는 천마총으로의 일정 때문이었다. 많은 숫자의 무인들이 투입되는 일이니만큼 그에 따른 준비들 또한 만만치 않았다.

　그 많은 인원들이 왕복할 동안 먹어야 할 식거리들을 비롯하여, 갖가지 생활용품들도 챙겨야 했다.

　그렇게 모든 준비가 끝나고 마침내 천마총으로 향하기로 약속된 날이 다가왔다.

　옷과 간단한 물건들을 챙긴 혁련휘 일행이 각자의 방에서 걸어 나오고 있었다.

가장 먼저 바깥에서 대기하고 있던 환야가 혁련휘를 반겼다.

"오셨습니까, 대장."

말을 걸어오는 환야를 향해 혁련휘는 가볍게 고개를 끄덕였다.

마교의 교주라는 자리에 오른 지 삼 일이 지났다.

그동안 혁련휘는 아직 별다른 일을 하지는 않았다. 원래 실질적인 교주의 임무를 수행하는 건 천마총에 다녀온 이후부터니까.

새외에 관련된 몇 가지 뒤처리만을 하고, 몇 개의 행사에 얼굴을 드러내는 것 정도가 교주가 된 이후의 전부였다.

사람들을 만나고 다니는 일밖에 한 게 없거늘 혁련휘의 얼굴은 무척이나 피곤해 보였다.

그런 그의 모습에 환야가 물었다.

"며칠 사이에 많이 수척해지셨습니다."

"알잖아. 사람들 만나서 말 섞는 거 귀찮아하는 거."

"알죠. 그래도 이제 익숙해지셔야 할 것 같은데요."

"그게 귀찮아서 차라리 새외로 나가야 하나 고민 중이야."

"다른 사람들이 들으면 기겁할 겁니다. 마교의 교주께서 직접 새외 세력을 토벌하러 가겠다고 하면."

픽 웃으며 말하는 환야를 향했던 혁련휘의 시선이 이내 졸린 눈을 비비며 걸어오는 달치에게로 향했다. 그런 그를 바라보며 환야가 혀를 찼다.

"쯧쯧, 그러게 그냥 며칠 여기서 쉬라니까."

천마총에 다녀오는 일정에 달치를 두고 가려고 했던 두 사람이다. 그런데 이야기를 듣기 무섭게 떨어지기 싫다고 부득부득 우겨 댄 달치를 이기지 못해서 결국 그 또한 동행하게 된 것이다.

멀리에서 뭉그적거리며 걸어오는 달치를 향해 환야가 소리를 내질렀다.

"야이 곰탱아! 그렇게 늦게 오면 두고 간다?"

환야의 소리가 떨어지기 무섭게 달치는 눈을 번쩍 뜨더니 급히 두 사람에게로 달려왔다. 그러고는 절대 싫다는 듯 환야의 소매를 움켜잡았다.

"달치 같이 간다. 같이 가려고 어제도 일찍 잤다."

"아, 알았으니 이 손 좀 놔 인마. 어깨 빠지겠다."

힘 좋은 달치가 소매를 잡고 흔들어 댄 탓에 어깨가 아팠는지 환야가 인상을 찡그린 채로 투덜거렸다. 달치가 손을 놓는 것까지 보고서야 혁련휘의 시선이 새로운 교주전인 이곳의 입구로 향했다.

혁련휘가 짧게 말했다.

"가지."

"네, 대장."

환야는 대답을 하고는 옆에 있는 달치에게 가자는 듯 손을 까닥였다. 그렇게 세 사람이 향한 입구의 바깥, 그리고 문을 여는 그 순간 앞에는 일련의 무리가 자리하고 있었다.

화려한 하나의 마차, 그리고 그 주위를 지키듯 서 있는 이천여 명에 달하는 무인들.

그들은 아주 오래전부터 이 앞에 서서 혁련휘를 기다리고 있었다.

혁련휘가 모습을 드러내는 그 순간 기다렸다는 듯 이천여 명의 무인들이 무릎을 꿇으며 예를 갖추었다.

"교주님을 뵙습니다!"

우렁찬 소리로 소리치는 그들을 향해 가볍게 고개만 끄덕인 혁련휘는 곧바로 자신이 타야 할 마차를 향해 움직였다.

그때까지도 계속해서 무릎을 꿇고 있는 무인들을 지나 마침내 마차의 문을 열었을 때였다.

앞장서서 문을 연 환야는 안에 있는 한 사내를 발견했다.

그리고 그 사내는 마차에 타려고 자리한 세 사람을 보며 손을 들어 올렸다.

"여어."

씩 웃어 보이는 건 고급스러워 보이는 흑의를 걸치고 있는 혁무조였다. 그런 그를 바라보며 혁련휘가 입을 열었다.

"……당신도 가는 거요?"

"당연하지. 이게 내가 할 마지막 일거리거든."

"그런 말은 못 들었는데."

"지금 들었으면 됐잖아. 뭣들 해? 어서 안 탈 거야?"

"이건 내 마차인데……."

"거 같이 좀 타고 가면 오죽 좋아? 자꾸 일정 지체시키지 말고 어서들 타라고."

자리에서 일어난 혁무조가 가장 선두에 있던 환야를 거의 강제로 잡아끌 듯 마차 내부로 잡아당겼다. 엉거주춤한 자세로 마차 안으로 들어가게 된 환야를 바라보던 혁련휘가 작게 한숨을 내쉬고는 그 뒤를 따라 들어갔다.

그리고 마지막으로 달치까지 마차 안으로 들어가자 마부석에 위치하고 있던 혁무조의 호위 무사인 무명이 재빠르게 뛰어내려 문을 닫았다.

혁련휘 일행이 마차에 타자 그제야 부복하고 있던 마교의 무인들이 일사불란하게 자리에서 일어났다.

그리고 선두를 맡은 이가 크게 소리쳤다.

"전원 이동!"

그 말과 함께 이천 명의 무인들이 동시에 맞춘 듯이 걸음을 옮기기 시작했다.

나아가는 마교의 무인들과 마차.

그리고 그 마차 내부에 자리하고 있는 네 사람 사이에 어색한 침묵이 감돌았다.

혁무조는 혁련휘와 마주 자리하고 있었다.

웃는 얼굴로 자신을 바라보는 그의 시선을 느껴서일까?

창밖을 바라보는 척하며 시선을 피하던 혁련휘가 입을 열었다.

"몸도 안 좋은 사람이 왜 굳이 이런 여정을 따라오시오. 그냥 쉬고 있어도 아무도 뭐라 할 사람이 없을 터인데."

"어허, 정말 날 골방 늙은이로 만들 생각인 게냐? 봄도 오고 날씨도 좋아졌는데 꽃놀이도 가고 해야 하지 않겠느냐."

마차의 창밖으로 손을 내밀며 피식 웃어 보이던 혁무조가 이내 옆으로 고개를 돌렸다. 자신의 옆에 자리하고 있는 달치를 바라보던 혁무조가 불만스럽게 말했다.

"이 녀석은 밤새 뭘 했기에 앉기가 무섭게 코까지 골면서 자는 거야?"

말을 마친 혁무조는 덩치가 커다란 달치 때문에 자리가 좁은지 몸을 틀며 중얼거렸다.

"거기다가 덩치는 뭐 이렇게 커? 이 큰 마차가 좁다고 느낀 건 또 오늘이 처음이네."

혁무조는 신기하다는 표정으로 달치를 바라봤다.

얼마 전까지만 해도 마교 교주였고, 지금까지도 전설적인 무인으로 칭송받는 자신의 옆에서 태평하게 잠에 든다는 것 자체가 기가 차는 상황이었으니까.

궁금하다는 듯한 혁무조의 목소리에 환야가 대답했다.

"그 녀석이 잘하는 게 먹고 자고, 싸우는 것밖에 없거든요."

"그나마 싸우는 거라도 잘해서 다행이군그래. 안 그러면 완전 식충이잖아?"

"큼큼!"

혁무조의 말에 웃음이 터져 나올 뻔한 환야는 재빨리 손으로 입을 가리고 헛기침을 해 댔다.

그런 환야와 무표정한 얼굴로 앉아 있는 혁련휘를 번갈아 바라보던 혁무조는 이내 몸을 굽히며 창에 턱을 괴듯 엎드렸다.

바깥에 스쳐 지나가는 많은 것들을 바라보는 혁무조의 표정은 무척이나 평온해 보였다.

말은 하지 않았지만 기분이 좋았으니까.

선선한 날씨도, 그리고 함께하는 소중한 한 사람까지 너무나 좋아서.

언제 다시 이런 기회가 날까?

단 한 번도 혁련휘와 추억다운 추억을 만들지도 못했다.

물론 핑곗거리는 많았다.

자신은 마교의 교주였고, 자리를 비울 만한 상황은 그리 많지 않았다.

허나 그 모든 게 시간이 지나고 나서 보니 모두가 다 핑계에 불과했다.

못한 게 아니다. 안 했을 뿐이다.

하려고만 했다면 아주 잠깐이라도 더 많은 추억을, 함께했던 기억들을 만들 수 있었을 게다.

그랬기에 혁무조는 지금 이 일정이 맘에 들었다.

천마총으로 가야 하는 일정 때문이긴 했지만 덕분에 마교를 벗어나 혁련휘와 어딘가로 떠나는 것이 흡사 아들과 여행을 떠나는 아비의 마음 같아서.

자신에게 주어진 시간이 그리 길지 않음을 잘 알기에 혁무조는 몸이 좋지 않음에도 불구하고 이 여정에 함께했다.

처음이자, 어쩌면…… 마지막이 될지도 모르는 여행.

창밖으로 고개를 내밀고 있던 혁무조는 불어오는 바람을 느끼며 눈을 감았다. 시원한 바람이 밀려들었고, 그 바람은 곧 새로이 솟아난 나무의 잎사귀들을 속삭이게 만든다.

눈을 감은 채로 혁무조가 중얼거렸다.

"여행하기 참 좋은 날씨네."

천마총으로 향하는 이천에 달하는 마교의 무인들.

워낙 숫자가 많았기에 그들은 최대한 마을이 없는 길을 따라 움직였다. 닷새가량 걸리는 여정이 어느덧 절반 이상이 지났다.

쉼 없이 움직이는 이천의 무인들 속에 한 사내가 모습을 드러냈다.

머리카락으로 얼굴을 가리고 있는 사내, 혈뢰주가의 인원들 속에서 기회를 엿보고 있는 신도율이었다.

잠시 쉬기 위해 걸음을 멈춘 사이 신도율은 슬그머니 주변을 둘러봤다.

이곳에 동행한 이천 명의 무인들.

그리고 그중에 무려 칠백 명은 신도율 측 사람이었다.

혈뢰주가를 통해 집어넣은 이들, 또 다른 곳에 이미 잠입해 있던 휘하에 있는 자들을 통해 밀어 넣은 무인들까지 합치니 거의 삼분지 일이나 되는 암살자가 이곳에 자리하게된 것이다.

대부분이 마교 소속의 무인, 그리고 일부는 그런 그들 사이에 숨긴 별도의 수하들이다.

물론 이들만으로 신도율은 승부를 보려 하지 않았다.

한 번 잡은 기회, 완벽하게 끝내야 한다.

지금 이곳에는 마교의 수많은 고수들이 즐비하고 있다. 그나마 다행이라면 거추장스러웠던 절대십마의 하나이자 흑랑방의 실세인 장룡이 이곳까지 동행하지 않았다는 거다.

절대십마급의 고수가 하나가 더 있는 것만으로도 계획에 투입해야 할 무인의 숫자는 기하급수적으로 늘어난다.

수통에 담긴 물로 목을 축이던 신도율은 이내 눈으로 찾고 있던 수하를 발견하고는 가볍게 손짓했다. 신도율의 부름에 그자는 다급히 그에게 달려왔다.

짧게 고개를 숙인 그의 품으로 신도율이 뭔가를 집어넣었다.

서찰이다.

서찰을 건네받은 사내를 향해 신도율이 전음을 날렸다.

『가서 이 서찰을 전해. 그리고 이 말도 전하도록. 오늘 밤, 축시(丑時) 무렵 신호탄이 하나 쏘아질 거라고. 그리고 그때를 기점으로 병력을 나눠 도망칠 퇴로를 막고, 나머지로는 본진으로 치고 들어오라고.』

신도율의 전음을 전해 들은 그자는 고개를 끄덕이고는 이내 무리의 뒤편으로 서서히 걸음을 옮겼다. 슬쩍 무리에서 이탈한 그 사내는 이내 인근에서 모습을 감췄다.

서찰을 건네받은 사내가 모습을 감추는 것까지 확인하고서야 신도율은 열어 두었던 수통의 뚜껑을 닫았다.

그러고는 가볍게 소매로 입가를 닦아 냈다.

물을 닦아 내는 척하고 있었지만 사실은 입가에 그려진 미소를 감추기 위해서다.

참으려 했지만 절로 터져 나오는 실소에 신도율은 입을 가릴 수밖에 없었다.

눈을 가린 기다란 앞머리가 오늘따라 너무도 맘에 들었다. 웃고 있는 눈동자를 감출 수 있었으니까.

신도율의 시선이 이내 멀리 떨어진 곳에 위치한 고급스러워 보이는 마차로 향했다.

저 마차에는 오늘 신도율이 노리고 있는 두 사람 모두가 자리하고 있다.

혁무조, 그리고 혁련휘.

한 명은 지우고 싶은 자신의 과거였고, 또 다른 하나는 앞으로 자신의 미래를 위해 없어져야 할 자다.

나란히 마차에 기대어 서 있는 혁무조와 혁련휘의 모습을 바라보던 신도율이 천천히 고개를 돌렸다.

'그래도 혼자 가는 것보다는 둘이 함께이니 가는 길이 그리 외롭지는 않을 터.'

몸을 돌리고 픽 웃는 신도율의 뒤편에서 일행을 이끄는

자의 목소리가 울렸다.

"휴식 끝! 채비를 갖추시오!"

그 외침과 함께 잠시나마 땅에 엉덩이를 붙이고 있던 무인들이 자리를 박차고 일어났다. 그들은 각자의 위치로 가서 자리했고, 그건 신도율도 마찬가지였다.

다시금 혈뢰주가 무인들 속으로 몸을 감춘 신도율.

그렇지만 그의 숨겨진 눈동자는 욕심으로 번들거리고 있었다.

서둘러 오늘의 목적지까지 가기 위해 분주히 걸음을 옮기는 이들을 바라보는 신도율의 입가엔 비웃음이 걸렸다.

과연 이들은 알고 있을까?

지금 가고 있는 이 길이…… 바로 지옥으로 향하고 있다는 사실을.

*   *   *

천마총으로 향하는 마교의 무인들은 밤이 늦자 걸음을 멈췄다. 그들은 가장 먼저 이 많은 인원들이 기거할 수 있는 천막들을 치기 시작했다.

수백여 개가 넘는 천막이 순식간에 넓은 공터를 가득 채웠다.

오늘 발걸음을 멈춘 이곳은 지형적으로 무척이나 특이한 곳이었다.

여러 개의 산이 줄지어져 있는 산맥의 중간 부분으로, 근처의 지형은 무척이나 험했지만 이곳만큼은 평평하여 이 많은 인원들이 하룻밤을 지새우긴 딱 제격이었다.

순식간에 천막을 친 인원들은 곧이어 식사를 준비했다.

마교에서 가져온 몇 가지 음식들과, 이곳에서 갓 지어 올린 것들까지 하여 혁련휘가 기거하는 천막 안에 식사가 준비되었다.

손 하나 까딱하지 않았는데도 불구하고 모든 게 준비된다는 사실에 환야가 혀를 내둘렀다.

"진작 교주가 되시지 그러셨습니까?"

"갑자기 무슨 소리야."

"제가 떠맡다시피 하던 잡무에서 해방된 즐거움을 표현한 거죠."

"뭐 얼마나 시켰다고."

대수롭지 않다는 듯 말하는 혁련휘를 보며 환야가 억울한 표정을 지어 보였다. 정말 모르냐는 듯이 그가 말했다.

"비설이랑 부의민이라도 있을 때야 그나마 같이라도 했죠. 그 둘이 떠나고 달치 저 녀석하고 저만 남으니까 제가 얼마나 고생했는지 아십니까?"

하루 종일 비파월을 왔다 갔다 하고, 혁련휘의 명에 따라 또 다른 임무도 수행하고…… 몸이 열 개라도 모자랄 정도로 바쁜 나날들을 보냈다.

말을 내뱉으면서도 환야는 옆에 있는 달치를 흘겨봤다.

그에 대해 불만을 토해 내고 있는데도 불구하고 아무것도 모른 채로 차려진 음식에 열중하고 있다. 그런 달치를 보고 있자니 환야는 울화통이 터진다는 표정을 지어 보였다.

'어휴, 이걸 확 죽일 수도 없고.'

손을 들어 올려 때리는 시늉을 해 보이던 환야는 달치가 고개를 돌리자 모르는 척 자신도 젓가락을 들었다.

음식을 집던 환야가 텅 비어 있는 자리를 바라보며 입을 열었다.

"자리가 비어 있어서 그런가 갑자기 그 녀석들 생각이 나네요. 잘들 하고 있을지 원."

"앞가림 정도는 충분히 할 녀석들이니까."

"비설이야 뭐 걱정 없다지만 부의민 그놈이 잘할지가 좀 신경 쓰입니다. 하여튼 재수도 어지간히 없어 가지고 새외로 가기 무섭게 전쟁 발발이랍니까?"

기가 차다는 듯 환야가 웃어 보였다.

오랫동안 자잘한 싸움이 있긴 했지만 이렇게 대규모로

밀려든 건 처음 있는 일이다.

그리고 그 기점이 부의민이 떠난 직후이니, 아마도 지금쯤 그는 죽을 고생을 하면서 그곳에서 무인들을 지휘하고 있으리라.

환야가 신경이 쓰이는지 나지막이 중얼거렸다.

"어휴, 새외에 있는 무인들을 잘 통솔이나 할 수 있을는지 원."

"잘할 거야."

혁련휘가 무덤덤하게 대답했다. 그러고는 이내 자신을 바라보는 환야를 향해 다시금 말을 이었다.

"얄밉게 굴긴 하지만 그래도 사람을 다룰 줄 아는 놈이야. 학관에서 직접 느껴 봤고 재능이 있었기에 군룡회의 수장 자리를 준 거고."

혁련휘 같은 사내가 단지 자신의 편이었다는 이유만으로 군룡회의 회주 같은 주요 직책을 내릴 리가 없다. 그만한 능력이 있다 판단했고, 그에 맞춰 부의민을 파견했다.

그랬기에 믿는다.

비설이나 부의민이나 각자의 임무를 잘 끝마치고 자신의 옆으로 돌아올 것이라고.

혁련휘가 탁자에 자리한 찻잔에 말없이 입을 가져다 댔다.

식사를 마치고 약 한 시진 가까운 시간이 지났을 무렵이
었다. 혁무조가 혁련휘의 거처에 모습을 드러냈다. 천막 안
으로 들어온 혁무조가 가볍게 손을 들어 올렸다.

"여, 아들."

"이 밤에 무슨 일이오?"

"무슨 일은. 그냥 지나가는 길에 들렀지."

"그렇게 말하기에는 천막의 위치가 너무 먼 것 같은데
말이오."

"하아, 저렇게 융통성이 없어서야…… 며느리 마음고생
이 오죽할지 원."

비설을 겨냥한 듯한 중얼거림에 잠시 그를 흘겨보던 혁
련휘가 이내 퉁명스레 말을 이었다.

"날 놀리러 여기까지 온 거요?"

"에이, 설마 그렇겠느냐. 이제 뒷방 늙은이가 됐어도 얼
마 전까지만 해도 마교의 주인이었던 나다. 놀리려고 이곳
까지 발걸음 했겠더냐."

"그게 아니라면 왜 찾아왔소?"

"어? 아, 그게…… 어라, 뭐였지?"

뒷머리를 긁적거리며 말하는 혁무조의 모습에 혁련휘가
기가 찬다는 듯 시선을 돌릴 때였다. 혁무조가 갑자기 픽

웃었다.

"농담이야, 농담."

말을 마친 혁무조는 보다 안까지 걸어와 중앙 부분에 놓여 있는 탁자에 자리했다. 그러고는 그 탁자 중앙에 있는 주전자에 담긴 찻물을 찻잔에 옮겨 담았다.

식은 찻물로 입술을 축인 혁무조는 침상에 걸터앉아 있는 혁련휘를 지그시 바라봤다.

모르는 척하고 있던 혁련휘는 그의 노골적인 시선에 결국 고개를 돌려 눈을 마주해야만 했다.

"할 말이 있으면 하시오. 그렇게 빤히 보지만 말고."

혁련휘의 재촉에 혁무조가 찻잔을 어루만지며 천천히 입을 열었다.

"벌써 천마총이 목전이로구나."

말을 내뱉는 혁무조의 목소리에는 진한 아쉬움이 맴돌았다.

몸이 안 좋은데도 불구하고 억지로 동행한 여정, 혁련휘와의 추억을 만들고 싶었던 탓이다.

이곳까지 오는 내내 거의 마차에서만 시간을 보냈지만…… 그것만으로도 혁무조는 좋았다.

말을 마친 혁무조가 잠시 고개를 치켜들어 천막의 윗부분을 올려다보며 말을 이었다.

"옛날 생각나는구나. 내가 교주가 되었을 그 무렵에도 이 근처를 지나갔었지."

벌써 수십 년도 더 된 일이다.

그럼에도 불구하고 혁무조의 머리에 그 날의 기억이 생생했다. 그만큼 인생에서 중요한 날이었으니까.

추억에 잠겨 있는 혁무조를 향해 혁련휘가 물었다.

"옛날이야기를 하고 싶어 날 찾아온 거요?"

"녀석, 그럴 리가 있겠느냐. 그럴 거면 다른 노친네들을 찾아갔겠지."

말을 받은 혁무조는 찻물로 다시금 입을 축이고는 이곳에 찾아온 이유를 꺼냈다.

"예전에 한 약속 완전히 지키지 못한 것 같아서."

"약속……?"

"그래, 네가 싸워야 할 그자들에 대해 이야기해 주기로 한 것들. 내가 아는 것들을 최대한 말해 준다고 하긴 했는데 하나 잊어 먹고 전하지 못한 게 있었더라고."

"그게 무엇이오?"

물어 오는 혁련휘를 향해 혁무조는 자신의 손바닥을 내려다봤다. 십여 년도 전의 기억이 주마등처럼 스치고 지나간다.

당시 싸웠던 상대.

혁무조와 혁련휘가 그토록 뒤쫓고 있는 그들의 수장과의 처음이자 마지막 만남.

"기억하지? 그들의 수장과 내가 싸웠다는 사실은."

"물론이오."

어찌 그걸 잊었을까.

당시에 혁무조가 그를 이겼기에 지금의 마교가 남아 있었다는 그 한마디가 아직도 이토록 머리에 생생한데.

고개를 끄덕이는 혁련휘를 향해 혁무조가 말했다.

"별건 아닐 수도 있겠지만 미리 말해 주려고. 그때 싸웠던 그자…… 너와 같은 무공을 쓰더군."

덤덤한 말이지만 혁련휘의 눈동자가 흔들렸다.

혁무조가 언급한 대로 어찌 보면 별거 아닐 수도 있다. 그렇지만 이 무공의 특별함을 잘 아는 혁련휘였기에 그는 적잖이 놀란 상황이었다.

"……확실하오?"

"내가 누군지 잊은 게냐?"

웃으며 물어 오는 혁무조의 질문에 혁련휘는 자신의 질문을 철회할 수밖에 없었다.

다른 자도 아닌 이 사내가 무공을 헷갈릴 일은 없을 테니까.

자하도에서 나온 자일 거라고는 예상했다.

그렇지만 설마 혁련휘 자신과 같은 무공까지 익혔을 거라고는 생각조차 해 본 적 없다.

곰곰이 생각에 잠기는 혁련휘를 바라보던 혁무조가 옷을 털며 자리에서 일어났다. 자신에게로 향한 혁련휘의 시선을 느끼며 혁무조가 부드럽게 말했다.

"혹여나 도움이 될까 말해 준 것인데 도움이 되면 좋겠군그래."

"……참고하겠소."

"그래, 그럼 밤도 늦었는데 어서 쉬고."

말을 마친 혁무조는 혁련휘를 향해 가볍게 손을 흔들어 보이고는 천막 바깥으로 걸어 나왔다. 그리고 그 천막에서 그리 멀지 않은 곳, 언제나 혁무조의 옆을 지키는 호위 무사 무명이 다가왔다.

"교주님, 돌아가시지요."

"거참 그 교주라는 소리는 언제까지 할 게냐. 이제 난 교주가 아니라고 몇 번이나 언급했거늘."

"죄송합니다. 입에 붙어 버려서 말입니다."

"됐다. 그리고…… 들어가기보다는 아직 조금 더 산책을 하고 싶구나."

"이 밤에 말씀이십니까?"

"날이 좋지 않으냐. 이런 날 밤길도 좀 걸어 보고 해야지."

피식 웃으며 말하는 혁무조를 무명은 걱정스레 바라봤다. 하지만 이내 앞장서서 걷는 그의 뒤를 무명은 그저 말없이 따라 걸을 수밖에 없었다.

그것이 자신의 소임이었으니까.

혁무조는 밤길을 걸었다.

인근의 산을 오르던 그는 이내 적당한 곳에 위치하자 나무에 기대어 앉았다.

그는 이마에 송골송골 맺힌 땀을 소매로 닦아 냈다.

그러고는 이내 스스로도 우스웠는지 웃음을 흘렸다.

'겨우 이 정도 걸었다고 땀을 뻘뻘 흘릴 줄이야.'

예전이었다면 이 정도 되는 산 수십 개를 뛰어넘어도 숨하나 차지 않던 자신이다.

나무에 기대어 있는 혁무조의 옆에 모습을 드러낸 무명이 말없이 수통을 내밀었다. 그에게서 수통을 건네받은 혁무조가 고맙다는 듯 고개를 끄덕였다.

거칠게 물을 들이켠 그가 긴 숨을 토해 냈다.

"하아, 이제야 좀 살 것 같군."

"너무 무리하시는 것 같습니다. 여기까지만 하시고 이만 돌아가시지요."

걱정 가득한 무명의 목소리에 혁무조가 손에 들린 수통을 그에게 휙 던지고는 장난스럽게 말했다.

"내가 네 녀석에게 걱정이나 받아야 하는 사람이냐?"

"그럴 리가 있겠습니까."

"그리 생각한다면 걱정은 접어 두어라. 내 몸 상태에 대해서는 누구보다 내가 더 잘 아니까."

말과 함께 혁무조는 길게 기지개를 켰다.

밤공기가 선선하고 무척이나 기분이 좋다. 그리고 저 아래 멀리 떨어진 곳에 위치한 수많은 천막들의 모습이 아슬아슬하게 눈에 들어온다.

"제법 멀리까지 왔구나."

한 시진이 넘는 시간을 이동했으니 당연한 결과일지도 모르겠다. 간신히 천막이 확인될 정도이니 얼마나 멀리 떨어진 곳까지 왔는지 말해 무엇하랴.

멀리 떨어진 아군 진형을 바라보던 혁무조가 나지막이 입을 열었다.

"명아."

"예, 교주님."

다시금 들려온 교주라는 호칭에 혁무조는 웃으며 고개를 절레절레 저었다. 그의 말대로 오랫동안 불러온 호칭이다 보니 쉬이 고치기 어려운 모양이다.

혁무조가 이내 무명에게 시선을 주며 물었다.

"네 진짜 이름이 무엇이었더라?"

"······교주님의 호위 무사가 되는 그 날 과거는 모두 지 웠습니다."

교주의 최측근 호위 무사만이 가질 수 있는 무명이라는 이름을 받는 그 날부터 그는 자신의 진짜 이름을 지웠다.

무명에 대답에 혁무조가 고개를 끄덕이며 말을 받았다.

"무명, 교주를 지키는 최고의 호위 무사에게 주어지는 칭호······ 우습지 않느냐. 최고이거늘 이름이 없다는 뜻의 무명이라니."

"전 마음에 듭니다. 이름 없이 살아도, 교주님을 모실 수 있었으니까요."

"후후, 그래?"

웃음을 흘리던 혁무조가 이내 진지한 표정으로 말을 이 었다.

"이제 너도 네 갈 길을 가야지."

"예?"

"무명이라면 응당 교주를 지켜야 할 것 아니냐. 그리고 난 이제 교주가 아니란다."

"하오나 교주님······."

"그러니 부탁하지."

말과 함께 고개를 돌린 혁무조는 천천히 손을 뻗어 무명의 손을 꽉 잡았다. 갑작스러운 그의 행동에 무명이 놀란 듯 눈을 크게 떴다.

혁무조는 옆에 서 있는 그를 올려다보며 말했다.

"이제 내가 아닌 그 아이를 지켜 줘."

"……."

자신을 향한 혁무조의 진지한 눈빛에 무명은 아무런 말도 하지 못했다. 그런 무명을 향해 혁무조가 말을 이었다.

"넌 나에 대해 많은 걸 알고 있지. 그러니 혹여 나에게 무슨 일이 생긴다면 그 비밀을 기반으로 하여 그 아이를 도와줬으면 한다. 내 부탁 들어줄 수 있겠지?"

"……물론입니다, 교주님."

무명이 부복하며 답했고, 그런 그의 어깨를 혁무조가 가볍게 두드렸다.

"고맙군그래. 그래도 자네 덕분에 눈 감을 때 걱정은 좀 덜어도 되겠어."

"무슨 말씀을 그리하십니까. 아직도 이리 정정하신 분이 말입니다."

"아까까지만 해도 이 늦은 밤에 무슨 산책이냐고 핀잔을 주던 자네가 할 말은 아닌 것 같은데."

"그거야……."

할 말을 찾기 어려웠는지 무명이 어색하니 미소 짓고 있을 때였다.

무명을 향해 있던 혁무조의 시선 끝에 무엇인가 이상한 것이 걸렸다. 그것은 바로 하늘을 향해 쏘아지는 하나의 불이 붙은 화살이었다.

그리고 그걸 본 건 혁무조뿐만이 아니었다.

무명 또한 그걸 눈치챘는지 화살이 쏘아진 쪽으로 시선을 돌리고 있었다.

혁무조가 그쪽을 응시하다 나지막이 중얼거렸다.

"……뭐지?"

바로 그때였다.

아군의 진형을 에워싼 사방에서 불꽃을 머금은 화살들이 갑자기 매섭게 쏘아지기 시작했다. 갑작스레 하늘을 수놓는 화살들을 본 순간 혁무조가 자리에서 벌떡 일어났다.

혁무조와 무명의 눈이 저 멀리 마교의 무인들이 있는 진형으로 향했다.

내공을 통해 안력을 돋운 그들의 눈에는 아군 진형에서 벌어진 모습들이 어렴풋이 들어오기 시작했다.

내부에 있던 천막들 속에 있던 무인들이 갑자기 무기를 들고 뛰어나와 인근에 있는 동료들을 베기 시작한 것이다.

더불어 아군의 진형과는 반 각 정도 떨어진 곳에서 움직이기 시작한 일련의 무리들도 모습을 드러냈다.

그 숫자를 본 혁무조의 눈동자가 흔들렸다.

그리고 마찬가지로 옆에 선 채로 이 모든 광경을 함께 보게 된 무명이 놀란 목소리로 중얼거렸다.

"……맙소사."

정확한 숫자는 아직 파악되지 않았지만 에워싸듯 다가오는 무인들의 숫자가 수천에 육박한다. 그리고 내부에서 흔드는 정체불명의 인원들까지.

마교 무인들에 비해 그 숫자가 다섯 곱절 이상은 많아 보였다.

주변에서 쏘아지기 시작한 화살로 인해 불이 붙기 시작한 아군 진형. 놀란 이들이 바깥으로 뛰어나왔고, 기다리던 이들이 그런 그들을 베어 넘겼다.

포위하기 시작한 이들의 움직임까지 눈으로 담고 있던 무명이 황급히 소리쳤다.

"피하셔야 합니다! 당장 퇴로를 찾겠습니다."

"……됐다."

말을 마친 혁무조는 오히려 뒤쪽이 아닌 정체불명의 인물들이 급습한 아군의 진영 쪽으로 걸음을 옮기기 시작했다.

그런 혁무조의 앞을 무명이 다급히 막아서며 말했다.

"위험합니다. 숫자도 적지 않고 보통 놈들이 아닙니다. 지금 교주님의 몸 상태로 저곳에 가면 죽습니다."

무명의 간절한 얼굴, 그걸 보며 혁무조가 입을 열었다.

"또다시 내 아들을 버리라는 소리냐?"

"……."

"네겐 미안하지만 그럴 수가 없겠구나. 저곳에 내 아들이 있거늘…… 어찌 다른 곳으로 피할 수 있겠느냐."

담담하니 말한 혁무조가 슬며시 얼굴에 미소를 머금었다.

그런 그의 옆으로 붙으며 무명이 소리쳤다.

"그럼 저도 함께하겠습니다!"

"아니, 우린 여기서 헤어져야겠구나."

"어째서……."

"네가 해 줘야 할 일이 있지 않느냐. 그러니 넌 이곳에서 도망치거라. 미안하구나, 호위무사에게…… 도망치라는 명령을 내리게 돼서."

말을 마친 혁무조가 무명의 어깨를 토닥였다.

그러고는 더는 긴말이 필요하지 않다는 듯 몸을 돌려 자신이 온 길을 거슬러 돌아가기 시작했다.

한 시진이 넘는 시간을 걸어온 길.

그렇지만 갈 때는 달랐다.

그가 최대한 봉인해 두었던 내공을 폭발시키듯 사용하기 시작한 것이다. 한 걸음을 내딛는 순간마다 수십 장의 거리를 단번에 좁히기 시작한 혁무조의 신형이 매서울 정도로 빠르게 아군의 진형을 향해 날아들고 있었다.

그렇게 순식간에 거리를 좁혀 목적지 인근에 도착한 혁무조가 가볍게 착지했다.

주변을 좁히고 들어오던 정체불명의 인물들과 조우한 탓이다.

그들 중 수장으로 보이는 사내가 수하들에게 소리치고 있었다.

"쥐새끼 하나 못 빠져나가게 단단히……!"

말을 하던 사내의 입이 닫힌 것은 자신들의 뒤편에서 귀신처럼 나타난 혁무조의 모습을 보게 된 직후였다. 갑작스러운 등장에 놀란 그가 뒤편을 가리키며 소리쳤다.

"누구냐!"

수장의 외침에 길목을 막고 있던 백여 명이 넘는 무인들의 시선이 뒤편으로 향했다.

그리고 그 순간 어둠 속에서 그가 걸어 나오고 있었다.

"내가 누구냐고?"

으드득!

혁무조의 흰자위가 분노로 인해 새빨갛게 물들었다.

동시에 그 두 눈에서 터져 나오는 짙은 살광(殺光).

어둠으로 감춰져 있던 얼굴이 드러나는 순간 자리하고 있던 무인들은 기겁한 듯 새하얗게 질려 버리고야 말았다.

그가 누구인지 너무나 잘 알았기 때문이다.

혁무조, 바로 그다.

다가가는 혁무조의 손바닥으로 태풍이 휘몰아쳤다. 그의 몸에서 풍겨져 나오는 기운이 주변에 있는 흙과 나뭇잎들을 사방으로 휘날리게 만들었다.

이제는 힘을 잃고 오늘내일하는 상황이라고는 하지만…… 그의 분노와 함께 밀려드는 짙은 살기는 절정고수들조차도 널널 떨게 만드는 힘이 남아 있었다.

길목을 막아서고 있던 백여 명에 달하는 무인들 모두가 약속이라도 한 듯이 뒷걸음질 치기 시작했다.

단 한 명, 곧 죽어도 이상할 것 없는 창백한 얼굴을 하고 있는 한 사내에 의해.

모두의 뇌리에 박힌 하나의 단어.

천하제일인(天下第一人).

세상에서 가장 강한 한 사람만이 가질 수 있는 독보적인 칭호.

절대적인 존재의 등장에 잔뜩 겁을 집어먹은 그들을 향해 혁무조가 차갑게 입을 열었다.

"비켜라."

태산도 움직일 것 같은 그 한마디에 움찔하는 적들. 그리고 그런 그들을 향해 더욱 다가가며 혁무조가 말을 이었다.

"내 아들을 만나러 가야 하니까."

6장. 벽력신화전(霹靂神火箭)

─ 나와

혁무조가 먼 곳으로 떠나 있던 그 시각.

혁련휘는 임시로 만들어진 간이 침상에 몸을 뉘인 채로 눈을 감고 있었다. 침상에 누운 지 제법 시간이 지났지만 혁련휘는 잠에 들지 않은 상태였다.

혁무조가 남겼던 그 한마디가 계속해서 머리를 맴돈다.

'나와 같은 무공이라니.'

혁련휘의 특별한 무공은 자하도에서 익힌 것이다.

그리고 그 무공의 주인은 마교의 창시자인 천마였다. 천마가 죽기 직전에 남긴 그의 마지막 무공. 자하도에는 많은 천마의 무공이 남아 있었지만 혁련휘가 익힌 이것만큼은 특별했다.

천마가 자신의 삶의 마지막을 장식하기 위해 만든 최강의 무공.

아수라(阿修羅).

아수라는 귀신들의 왕이자, 팔부의 하나로 꼽히는 신의 이름이다.

그 아수라라는 신은 세 개의 머리와 여섯 개, 또는 여덟 개의 손이 있다 표현되는 존재다.

천마는 싸움을 즐긴다 알려진 그 아수라라는 신의 이름을 따서 자신의 마지막 무공을 만들었다. 그리고 그 이름답게 아수라라는 무공의 초식은 그의 팔의 개수처럼 여덟 개로 이루어져 있었다.

자하도에서 혁련휘는 천마의 비밀 장소를 찾았고, 덕분에 이 무공을 익힐 수 있었다.

분명 자신이 들어갔을 때는 사람의 흔적이 보이지 않았다 생각했는데…….

'나보다 먼저 그곳에 왔다 갔다는 건가?'

시기상으로 자신이 자하도에 들어가서 그곳에 들어가게 됐던 그 날보다, 그들의 수장이라는 작자가 중원에 나타났던 게 먼저이니 아마도 지금 자신의 생각이 맞을 것이다.

천마가 남긴 최강의 무공 아수라를 익힌 또 다른 존재라는 생각에 혁련휘는 슬그머니 눈을 떴다.

여태까지 막연하게 상상만 했던 그들의 수장이라는 자의 힘이 생각보다 커다랄지 모르겠다는 생각이 들었다.

십여 년 전에 혁무조가 승부를 보지 못한 상대, 그만큼 아수라의 성취 또한 높다는 걸 의미한다. 그런데 그로부터 벌써 십 년이 넘는 시간이 흘렀다.

과연 그자는…… 얼마만큼 강해져 있을까?

깊어지는 고민, 혁련휘가 잠에 들지 못하고 뒤척일 때였다.

간이 침상에 누워 있던 혁련휘가 갑자기 자리에서 벌떡 일어났다. 그의 눈동자는 어둠 속에서 차갑게 빛나고 있었다.

'뭐지?'

무척이나 먼 거리.

무려 백여 장 이상은 먼 곳에서 느껴지는 미미한 움직임을 감지한 것이다. 그토록 멀리 떨어진 곳에 위치한 미묘한 움직임마저 감지해 낼 정도로 혁련휘의 실력은 엄청난 수준에 올라 있었다.

혁련휘의 감각 안에 그들이 들어오는 그 순간이었다.

동시에 뭔가가 날아드는 걸 혁련휘는 직감했다.

빠르게 날아드는 수백여 개에 달하는 뭔가를.

혁련휘는 곧바로 손을 들어 올렸다. 그리고 때를 맞추어 그의 천막을 뚫으며 불꽃에 휩싸인 화살들이 날아들었다.

팍팍팍!

혁련휘가 누워 있는 간이 침상 쪽을 집중으로 쏟아져 들어오는 화살들.

그리고 일부는 이미 옆에 서 있는 혁련휘에게 날아들었다.

휘이이익!

그렇지만 혁련휘는 가볍게 목을 비틀며 손으로 그것을 잡아챘다.

탁.

가볍게 손으로 날아드는 화살들을 잡아 낸 혁련휘는 곧바로 그것들을 바닥에 내팽개쳤다.

동시에 내부에서도 뭔가 소란스러운 움직임이 보이기 시작했다.

일순 그것이 화살에 반응한 것이라 여겼지만…….

혁련휘는 곧 알 수 있었다. 이 움직임이 뭔가 이상하다는 것을.

순식간에 그들이 몰려오는 곳은 다름 아닌 이곳이었으니까.

그리고 혁련휘의 예상대로 달려온 그들은 곧바로 천막을

향해 자신들의 무기를 집어 던졌다.

쒜엑! 쒝!

날카로운 무기들이 천막을 찢어발기며 혁련휘에게 날아들었다. 그렇지만 이미 모든 방비를 마치고 있던 혁련휘에게 그 공격이 통할 리가 없었다.

몸을 팽이처럼 회전시키며 그의 손에서 번개처럼 파멸혼이 뻗어져 나왔다.

카카캉!

날아들었던 쪽으로 튕겨져 나간 수십 개의 병기들.

그리고 이내 천막의 기둥이 되는 것들을 향해 무기들이 날아들었다. 혁련휘는 곧바로 정신을 집중하며 무너져 내리는 천막 사이에서 내공을 움직였다.

'날 이 안에 가두겠다?'

혁련휘의 몸이 순간 사라졌다.

그리고 이내 떨어져·내린 천막이 내부의 모든 것을 뒤덮었을 때다. 천막 위쪽으로 뛰어오른 수십 명의 무인들은 망설이지 않고 아래쪽을 마구 쑤시기 시작했다.

퍽퍽!

천막에 덮여져 있는 곳들을 쉴 없이 쑤셔 대는 그들, 그리고 그런 그들의 뒤편에서 차가운 목소리가 흘러나왔다.

"이쪽이야."

마치 덫에 걸린 동물이라도 잡는 것처럼 찔러 대던 이들이 움찔하며 고개를 돌렸다. 그리고 놀랍게도 그곳에는 무너져 내린 천막 안에 있었어야 할 혁련휘가 자리하고 있었다.

뒤편에 모습을 드러낸 혁련휘가 그들을 향해 날아들었다.

파치칙!

피어오른 뇌기가 순간적으로 주변으로 치솟았다가 이내 어둠을 찢어발겼다.

뒤편을 잡고 날아든 파멸혼이 순식간에 세 명의 목을 날리고 이내 다른 곳으로 날아들려는 때였다.

차앙!

누군가가 혁련휘의 공격을 받아 냈다.

내력이 실린 일격을 받아 낸 그자는 곧장 반격에 들어섰다. 그의 검이 혁련휘를 향해 밀려들었다. 수십 개의 잔영이 주변을 어지럽힐 정도의 빠른 검.

검만큼이나 혁련휘의 눈을 어지럽힌 건 다름 아닌 공격을 펼치는 상대였다.

이자가 누구인지 혁련휘는 알고 있었다.

유성검 좌철.

마교의 무인 중 하나인 그가 자신에게 검을 들이밀고 있었다. 그리고 그건 자신이 천막 안에 있을 때 감지했던 수상한 움직임의 정체가 무엇인지 확인시켜 주는 것이기도 했다.

외부에서 갑자기 날아든 화살, 그리고 이어지는 내부의 수상쩍은 움직임.

바깥에서 적들이 밀려온 것이 전부가 아니다.

바로 내부에도, 자신과 함께 이곳까지 왔던 이들 중에서도 적과 내통한 간자들이 있었던 것이다. 그리고 그 숫자는 주변을 굳이 확인하지 않아도 알 수 있을 정도로 많았다.

순식간에 혁련휘를 둘러싼 수십 명의 무인들은 외부가 아닌 내부에서 움직인 자들이었다. 그랬기에 그들 중 일부는 낯이 익기도 했다.

혁련휘는 자신과 맞서고 있는 좌철을 거칠게 밀어젖히고는 얼굴에 묻은 피를 소매로 스윽 닦아 냈다.

"……재미있군."

주변에서 들려오기 시작한 비명과 병장기들끼리 충돌하는 소리가 귓가를 어지럽힌다. 그리고 불타기 시작한 수없이 많은 천막들.

허나 그보다 더욱 문제는…….

"우와와와!"

커다랗게 들려오는 함성 소리가 혁련휘의 신경을 건드렸

다. 외부에서 들려온 그 목소리와 움직임이 그들의 숫자가 얼마나 많은지를 짐작게 했다.

오천여 명에 달하는 무인들이 순식간에 마교의 병력을 포위한 것이다.

혁련휘 쪽 무인들의 숫자는 간자들을 제하고 천삼백여 명 정도, 그리고 개중에 일부는 이번 기습으로 죽어 그나마 그 숫자 또한 줄어 있는 상황이다.

실로 압도적인 무력 차가 아닐 수 없었다.

그럼에도 혁련휘는 침착했다.

'환야와 달치부터 찾아야겠군.'

그 둘과 합류하는 게 우선이다.

문제는 그런 혁련휘의 앞을 가로막고 있는 이 병력들. 혁련휘는 굳이 힘을 아끼지 않고 빠르게 파멸혼에 자신의 내력을 끌어모았다.

뇌기는 이내 불꽃으로 변해 어둠을 집어삼켰다.

삼 장 가까이 치솟은 뜨거운 불꽃에 주변에 있던 무인들이 서로의 눈치를 살필 때였다.

혁련휘의 파멸혼이 움직이며 그 도신에 실려 있던 불꽃을 사방으로 뿜어냈다.

땅을 헤집으며 날아든 불꽃이 주변을 잠식했다.

화룡번천(火龍翻天)이라는 초식이 순식간에 그들을 집어

삼키는 순간 혁련휘의 내력이 폭발하듯 밀려 나갔다. 맺혀 있던 강기가 한쪽에 있는 이들에게 쏟아져 나갔다.

쿠카카캉!

혁련휘의 파멸혼이 휘둘러진 쪽에 있던 이들은 마치 인형처럼 하늘로 솟구쳤다가 떨어져 내렸다. 그리고 그 빈 공간으로 혁련휘가 움직였다.

휙휙!

재빠르게 치고 들어가는 혁련휘를 향해 무인들이 빠르게 따라붙었다.

마치 이곳에서 놓치지 않겠다는 듯이.

그리고 그런 혁련휘의 앞으로 거구의 사내 하나가 나타나 벼락처럼 커다란 철퇴를 휘둘렀다.

부웅!

혁련휘가 슬쩍 고개를 틀어 공격을 피해 냄과 동시에 비어 있는 그자의 가슴팍에 손바닥을 때려 박았다.

퍽!

사내는 그대로 떠밀려 다른 이들에게 날아들었고, 동시에 혁련휘의 파멸혼이 머금고 있던 뇌기를 주변으로 뿜어 내기 시작했다.

쿠웅!

커다란 소리와 함께 떨어져 내린 뇌기가 그곳에 위치하

고 있던 이들을 사방으로 날려 버렸다. 허나 그보다 빠르게 그 자리에는 새로운 이들로 들어차기 시작했다.

외부에서 모습을 드러낸 이들 또한 이 싸움에 끼어들기 시작한 것이다.

그들은 눈을 빛내며 혁련휘를 향해 달려들었다.

이 싸움의 승패를 가를 요인이 교주인 혁련휘의 생사라는 걸 잘 알기 때문이다.

그 순간 무리의 뒤편에서 십여 명에 달하는 무인들이 나타났다. 그들은 길을 뚫어내려는 혁련휘를 향해 동시에 몸을 날렸다. 그들의 움직임은 여태 혁련휘가 간단하게 베고 지나갔던 이들과는 차원이 달랐다.

십여 개의 강기가 달려가는 혁련휘를 노리고 기다렸다는 듯 떨어져 내렸다. 몸을 움직이던 그가 다급히 풍신갑을 펼치며 동시에 파멸혼에 실린 뇌기를 뿌려 댔다.

쿠왕!

두 쪽의 힘이 충돌하며 주변으로 커다란 충격파가 일었다. 동시에 허공에서 날아들던 몇몇 무인들은 그대로 뒤로 나자빠졌고, 일부는 땅에 착지한 채로 먼지가 잔뜩 이는 그 건너를 노려보고 있었다.

그리고 흙먼지가 가득한 바로 그곳.

풀풀 피어오른 흙먼지 사이에서 혁련휘의 몸이 유령처럼

나타났다.

핏핏!

빠르게 휘둘러진 파멸혼이 곧바로 선두에 있는 자를 노렸다. 은밀하면서도 치명적인 공격이었지만 그 또한 절정의 경지에 오른 무인, 가까스로 그자는 혁련휘의 공격을 받아 냈다.

"죽엇!"

옆에서 무인 하나가 검을 세운 채로 혁련휘의 옆구리를 향해 득달같이 달려들었다.

그렇지만 찔러 들어오는 그 공격을 슬쩍 몸을 비트는 것으로 피해 낸 혁련휘는 비어 있는 왼손으로 상대의 턱을 올려쳤다.

빠각!

달려들던 그자는 하관이 박살이 나며 그대로 바닥으로 꼬꾸라졌다. 허나 공격에 들어오던 건 그자 하나만이 아니었다.

슉슉.

주변으로 재빠르게 접근한 이들의 공격이 쉼 없이 쏟아져 나왔다. 혁련휘는 뒤로 한 걸음 물러서며 마찬가지로 파멸혼을 휘둘러서 그 공격들을 옆으로 밀려나게 만들었다.

그 순간 아래로 파고든 누군가의 날카로운 낫 모양의 무기가 혁련휘의 목젖을 노리고 치솟아 올랐다.

고개를 휙 뒤로 젖히며 공격을 피해 냈지만 아슬아슬하게 볼에 실처럼 얇은 상처가 생겨났다. 물론 그만큼 거리를 좁히고 들어온 그자에겐 혁련휘의 치명적인 일격이 터져 나갔다.

몸을 굽히고 들어온 상대의 안면을 무릎으로 찍은 직후, 그대로 파멸혼이 그자의 목을 베어 버렸다.

피가 터져 나오는 순간 혁련휘의 몸 주변으로 뇌기가 방출했다.

파츠츠!

주변으로 달려들던 몇몇 무인들은 그대로 타들어 가듯 새카맣게 변해 바닥으로 쓰러졌고, 일부는 재빠르게 뒤로 물러서며 그 공격에서 벗어날 수 있었다.

잠시나마 숨 돌릴 틈을 번 혁련휘의 시선에 그들 뒤편에서 일방적으로 밀리고 있는 마교 무인들의 모습이 들어왔다.

그들이 위험에 처한 걸 본 혁련휘가 곧바로 땅을 박차며 허공으로 솟구쳐 올랐다. 그리고 파멸혼에 맺힌 뇌기를 최대한 끌어모은 채로, 공격당하고 있는 수하들과 적군 사이에 떨어져 내렸다.

갑자기 하늘에서 모습을 드러낸 혁련휘의 등장에 마교의

무인들을 신명 나게 베어 넘기던 그들이 움찔했다.

혁련휘는 착지하는 것과 동시에 수십 명의 무인들을 휩쓸 듯이 쓸어버렸다.

죽음에 위기에 처했던 십여 명의 마교 무인들의 안색이 밝아졌다. 혁련휘의 기민한 움직임과 동시에 뿜어져 나온 뇌기가 주변에 있던 적들을 베어 넘겼다.

그렇지만 이내 그 공간은 또 다른 병력들로 채워지기 시작했다.

그런 그들을 바라보던 혁련휘가 뒤편에 있는 수하들을 향해 나지막이 말했다.

"……뒤로."

그 한마디를 끝으로 혁련휘는 몸을 슬쩍 낮춘 채로 회전하기 시작했다. 파멸혼에 맺힌 뇌기가 사방으로 날뛰기 시작하며 수십여 개의 기운들을 뿜어 댔다.

그렇지만 그 뇌기는 주변으로 뿜어지는 것이 아니라 마치 혁련휘를 보호하듯 주변을 에워쌌다. 그리고 이내 그 수십 개의 뇌기들이 하나의 커다란 빛무리가 되는 순간 진정한 힘이 폭발해 나갔다.

우치마저 일격에 전의를 상실케 했던 초식.

뇌신참이다.

쏴아아아!

빛이 잠식해 들어가는 그 순간 그곳에 위치하고 있던 적군들의 모습이 거짓말처럼 사라져 나갔다. 커다란 폭발과 함께 인근에 있던 적들이 순식간에 바닥을 나뒹굴었다.

단 일격.

그렇지만 그 충격의 여파는 그리 쉽게 가시지 않을 정도로 막강했다.

운 좋게 간격 바깥에 있던 이들 또한 달려들던 발걸음을 멈춘 채로 놀라 주춤거릴 만큼 충격적인 일격이었다.

파멸혼을 얼굴 부분까지 들어 올린 혁련휘가 주변에 있는 이들에게 들으라는 듯 목소리에 내공을 실은 채로 차갑게 입을 열었다.

"겨우 이 정도로 날 죽이겠다고 나섰던 건가?"

숫자는 많았지만 이들의 무공 자체는 혁련휘의 적수가 될 수가 없었다. 그랬기에 어렴풋이나마 그는 짐작하고 있었다.

이 근방에 그토록 기다렸던 그들의 수장이 있을 것이라는 걸.

혁련휘가 주변을 휘이 둘러보고는 이내 큰 목소리로 소리쳤다.

"숨어 있지 말고 그만 나오지!"

쩌렁쩌렁 울리는 혁련휘의 목소리가 인근을 뒤덮었다.

허나 대답 대신 날아든 것은 수백 개가 넘는 화살 세례였다. 불이 붙어 있는 화살들이 하늘을 빼곡히 채우며 날아들었다.

쉭쉭쉭!

혁련휘는 곧바로 마교의 무인들 앞으로 걸어가서 그들을 보호하듯이 도를 휘둘러 커다란 막을 형성했다.

내력이 실린 화살들이었지만 혁련휘가 만들어 낸 도막을 뚫어 낼 수 없었고, 당연히 그 모든 것들이 주변으로 튕겨져 나갔다.

불화살이 떨어져 내린 곳을 확인한 혁련휘의 표정이 일그러졌다.

분명 많은 숫자의 화살이 혁련휘 쪽으로 날아든 것이 사실이다. 그렇지만…… 개중에 많은 화살들이 박혀 있는 곳은 빈 공터였다.

보통의 군사도 아닌 무인들이 쏘아 낸 화살. 아무리 목적지를 벗어난다 해도 이렇게까지 심하게 빗나간다는 것이 뭔가 석연치 않았다.

화살이 박혀 있는 빈 공터를 바라보던 혁련휘의 눈동자가 커진 것은 땅바닥 안에서 흘러나오기 시작한 연기를 확인한 직후였다.

'……설마!'

이건 그저 화살에 붙어 있던 불이 꺼지며 생기는 연기가 아니다. 땅에 박힌 불씨들이 사라지는 것과 동시에 미약하게 느껴진 화약 냄새.

혁련휘가 크게 소리쳤다.

"모두 피해!"

허나 그 외침은 이어서 터져 나오는 굉음에 묻히고야 말았다.

펑! 펑펑!

땅속에서부터 무엇인가가 연달아 폭발하며 주변을 집어삼켰다. 커다란 폭발과 함께 흙은 하늘까지 치솟아 올랐다. 덩달아 그 안에 있던 무인들의 사지 또한 찢어발겨졌다.

펑펑펑!

연달아 터져 나가며 주변을 집어삼키기 시작한 폭발이 마치 파도처럼 혁련휘에게도 밀려들었다.

무시무시한 폭발을 일으키는 이것은 다름 아닌 벽력신화전(霹靂神火箭)이라는 이름을 지닌 벽력탄이었다.

단 하나만으로도 커다란 성벽을 가루로 만들 정도의 파괴력을 지닌 벽력신화전, 그런 위험한 물건이 이 공터 땅속에 수백 개가 넘게 심어져 있었던 것이다.

땅속에서 시작된 폭발은 꼬리에 꼬리를 물며 공터 내부에 있던 이들을 아군, 적군 상관없이 모조리 도살하고 있었다.

이 벽력탄의 존재를 몰랐는지 혁련휘와 대치하고 있던 이들마저도 그 폭발에 휩쓸려 터져 나갔다.

"으아악!"

그들의 비명 소리가 귀청을 때렸다.

폭발의 모든 것들은 혁련휘를 향해 조이고 들어왔다. 땅속에 심어져 있던 벽력탄들이 중점적으로 자리한 곳이 바로 혁련휘의 거처 인근이었으니까.

혁련휘는 이를 악물었나.

내부에 숨겨져 있는 간자들은 보통 놈들이 아니었다. 그렇지 않고서는 자신들이 이곳에서 야영을 할 것이라는 걸 알지도 못했을 테고, 하물며 자신의 거처도 정확히 파악하기 힘들었을 것이다.

화살이 혁련휘의 침상을 위주로 날아들었던 것처럼, 교주인 그가 머물 천막의 위치까지 애초에 그들의 계산 안에 있었다.

그만큼 이 모든 걸 주도할 수 있는 자가 이 일에 개입됐다는 소리였다.

그렇지만 혁련휘의 생각은 길게 이어지지 않았다.

밀려드는 벽력신화전의 폭발이 대지를 집어삼키고 있었으니까.

혁련휘는 밀려드는 폭발에 풍신갑은 물론이거니와 모든 내력을 쥐어짰다.

위험하다는 걸 직감한 탓이다.

그리고 곧 그 폭발이 혁련휘를 뒤덮었다. 그의 발아래의 땅이 터져 나갔고, 또 주변을 기점으로 하여 연달아 백여 번에 달하는 폭발이 혁련휘를 집어삼켰다.

드드드득!

뼈가 뒤틀렸고, 입가로는 피가 쏟아져 나왔다.

땅 안에서 터진 폭발과, 주변을 뒤덮는 충격들이 혁련휘의 몸을 엄습해 들어왔다.

그리고 이내 뜨거운 불길과 흙먼지가 그를 집어삼켰다.

화르르륵!

무려 반 각 가까이 이어진 폭발이 잦아들 무렵이었다. 바깥에서 대기하고 있던 인원들이 벽력신화전으로 인해 엉망이 된 마교 무인들의 거점으로 치고 들어왔다.

내부는 거의 전멸이라는 말이 무색한 상황.

마교의 무인들의 천막이 위치한 곳에 들어와 있던 이들은 대부분이 죽어 나자빠졌다.

안에서 희생된 같은 편의 숫자는 대략 천여 명 정도.

하지만 애초부터 이 정도는 계산하에 있었던 손실이다. 정면 대결을 했어도 그 이상의 피해는 감수했어야 할 상황,

차라리 벽력탄을 이용해 확실하게 타격을 줄 수만 있다면 이만한 손실 정도야 아무렇지 않았다.

어중간한 이들을 버리는 패로 던져 버리고 뒤이어 이곳에 침투하기 시작한 무인들.

이들이야말로 신도율의 정예 병력이었다.

천여 명에 달하는 무인을 사지로 몰아넣었음에도 불구하고 오천에 조금 못 미치는 어마어마한 병력들이 안으로 밀려들었다.

그리고 그들 중 혁련휘가 있던 쪽으로 다가오던 사내 하나가 크게 소리쳤다.

"교주의 시체라도 찾아! 그리고 폭발 범위에서 벗어나 있었던 놈들도 찾아서 하나도 남김없이 죽인다. 시신도 꼼꼼히 확인해서 누구 하나 이곳에서 도망치지 못하게 해!"

그의 말에 수많은 무인들이 고개를 끄덕이며 나자빠져 있는 시체들을 내려다봤다.

흙먼지가 자욱하게 일어 있는 탓에 쉽사리 앞을 분간할 수도 없는 상황. 그들은 걸으면서 손에 들린 무기로 쓰러져 있는 시신에 무작정 찔러 넣었다.

아군이든, 적군이든 상관하지 않고 말이다.

막 시신들을 다시금 확인하고 있을 무렵 한쪽에서 큰 목소리가 들려왔다.

"교주가 당한 곳이 이쪽인 것 같은데 엉망이라 움직이는 게 쉽지 않습니다. 조금 흙먼지가 가라앉으면 확인해야 할 것 같은데요, 조장?"

"한심하긴. 됐고, 내가 앞장서지."

혁련휘가 있던 부근에 중점적으로 심어 두었던 벽력신화전이다. 절반 가까이가 이곳에 있었으니 당연히 땅은 엉망이라는 말로 표현하기 힘들 정도로 커다란 구덩이가 생겨져 있었다.

마치 깊은 호수가 있었던 곳에 물이 모두 증발해 버린 모양새처럼 말이다.

불만스레 소리친 그 조장 사내는 엉망이 돼서 걷기조차 쉽지 않은 그쪽으로 다가갔다. 그러고는 수하들을 향해 명령을 내렸다.

"내 뒤를 쫓아 움직여. 교주의 시체를 확인하는 게 최우선이다."

"알겠습니다."

말을 마치고 막 흙먼지 속으로 걸어 들어간 그, 그리고 그런 그의 뒤를 쫓던 수하들이다. 그런데 몇 걸음 채 가지 않아 어딘가에 걸렸는지 수하 하나가 뒤뚱거리고는 다급히 소리쳤다.

"엇!"

"멍청아, 조심해! 혹여나 교주가 살아 있다가 우리 목소리를 듣고 도망치면 어쩌려고?"

말을 하면서도 그는 픽 비웃음을 흘렸다.

사실 말도 안 되는 소리였다. 이곳에서 터져 나간 벽력탄 정도라면 마을 십여 개는 단번에 날려 버릴 정도의 파괴력을 지녔으니까.

그런 벽력탄의 중심에서 살아서 나온다는 게 인간으로 가능할 리가 없다.

그 말을 마친 조장 사내가 뒤편으로 향했던 고개를 앞으로 향하는 순간이었다.

화악.

밀려 나가는 흙먼지, 그리고 그 흙먼지들 속에서 날아온 뭔가가 사내의 얼굴을 움켜쥐었다.

"헉!"

허나 그는 더는 놀라지 못했다. 양쪽 미간을 움켜잡은 손에서 느껴지는 힘에 거의 정신을 잃을 정도였으니까.

고통에 찬 사내가 비명을 질렀다.

"크아악!"

그리고 그 순간 흙먼지 속에서 손을 뻗었던 자의 모습이 천천히 드러났다. 전신에 피 칠을 했다 생각될 정도로 혈흔을 뒤집어쓴 그는 혁련휘였다.

혁련휘의 등장에 인근에 있던 이들은 놀란 듯 눈을 치켜떴다.

피투성이의 얼굴과 몸, 그렇지만 두 눈에서 쏟아져 나오는 살기만큼은 아직도 그가 건재하다는 걸 말해 주고 있었다.

상대의 머리통을 움켜잡은 혁련휘의 손에서는 피가 뚝뚝 떨어져 내렸다. 다른 자도 아닌 본인의 피였다.

마치 지옥에서 올라온 악귀와도 같은 그 모습에 적들은 놀라 아무런 말도 하지 못했다.

혁련휘의 손바닥에서 불이 피어오르며 잡고 있던 상대의 몸을 화염에 휩싸이게 만들어 버렸다.

그대로 단명한 상대를 바닥에 휙 집어 던진 혁련휘가 피투성이의 얼굴로 입을 열었다.

"……도망은 너희가 쳐야지."

7장. 악연

— 너였구나

먼지가 풀풀 피어올라 있는 중앙 지역의 외곽에도 많은 무인들이 바쁘게 움직이고 있었다. 그들은 살아 있는 잔존 병력들을 제거했고, 죽은 시신들을 다시금 확인하기 바빴다.

그리고 그런 그 무리 속에 한 명의 여인이 자리하고 있었다.

신도율을 따르는 네 명의 수하 중 하나이자 그의 여인인 소일홍이다. 그녀는 이 피비린내 나는 전장의 한가운데에서 수하들을 진두지휘하고 있었다.

그런 그녀에게 급한 말이 날아들었다.

"서쪽으로 파견된 병력들이 괴멸했습니다!"

소일홍의 앞에까지 달려왔던 수하가 황급히 무릎을 굽히며 상황을 알렸다. 생각지도 못한 괴멸이라는 말에 그녀는 표정을 찡그렸다.

"괴멸? 어째서?"

"그, 그게 괴물 같은 두 놈이⋯⋯."

"아아, 그 녀석들을 잊고 있었네."

문제를 일으키고 있는 두 놈이 누구인지 소일홍은 단번에 알아차렸다. 이런 벽력탄이 터져 나가는 곳에서 살아 있는 걸로 모자라 행패를 부릴 만한 자라면 몇 되지 않았으니까. 거기다가 서쪽이라면 누구일지 답은 뻔했다.

'환야와 달치라는 놈들이로군.'

이미 지역별로 나뉘어져 정예 무인들이 가 있는 상황이다. 마교 측에서 파견 나온 인원들 중에서는 제법 상대하기 버거운 초고수들이 존재했다.

허나 그들의 존재와 위치는 이미 신도율이 손바닥 위를 보듯 완벽하게 파악한 상황.

화살로 공격을 하기 무섭게 그들 각자의 위치로 적당한 숫자의 인원들을 배분했다. 조심해야 할 무인을 견제할 정도 수준의 자들이 그에 맞춰 이동했다.

그렇지만 그 둘은 예외였다.

자하도에서 나온 둘의 실력을 감당해 낼 자는 그리 많지 않았다. 그쪽에 많은 이들을 투입했다가는 손해가 클 거라 여겨 벽력탄을 최대한 심어 뒀다.

그런데 벽력탄으로 그 둘을 어쩌지 못한 모양이다.

소일홍은 머리가 아팠다.

'치잇, 지금 여기서 그놈들을 상대할 만한 건 나뿐인데……'

둘은 동시에 감당할 자신은 없었기에 소일홍은 뒤편에 있는 수하들을 향해 말했다.

"지금 바로 백수혈왕대(百獸血王隊)와 광혼단(狂魂團)은 나를 따라서 서쪽으로……"

막 말을 내뱉던 소일홍의 귓가에 누군가의 비명 소리가 울렸다.

"으, 으앗!"

비명과 함께 훅 하고 밀려든 짙은 혈향.

뒤편으로 향했던 소일홍의 시선이 전방으로 향했다. 그리고 천천히 가라앉기 시작한 흙먼지 사이에서 피투성이의 사내 한 명이 걸어 나오고 있었다.

그리고 그자의 모습을 보는 순간 소일홍은 말문이 막힌 듯 전방을 응시했다.

"……혁련휘."

눈으로 보고도 믿을 수가 없었다.

어떻게 살아서 나올 수 있단 말인가? 그를 죽이기 위해 투입된 그 많은 벽력탄에 당하고도 살아서 보게 될 거라고는 상상도 하지 못했다.

자신의 이름을 부르는 소일홍의 목소리를 들어서일까?

지친 듯 고개를 숙인 채로 피를 흘리고 있던 혁련휘가 천천히 고개를 치켜들었다. 무표정한 얼굴, 그렇지만 그 눈빛에 담긴 깊은 살기.

마치 상처 입은 맹수를 목전에 둔 것만 같은 느낌이다.

오금이 저릴 정도의 공포가 밀려들었다.

혁련휘는 소일홍을 발견하고는 슬그머니 입을 열었다.

"거기 있어. 내가 갈 테니까."

그 한마디와 함께 소일홍을 향해 혁련휘가 한 걸음 내디뎠다. 그런 그의 움직임에 누군가가 다급히 앞을 막아서며 소리쳤다.

"이놈! 내가 널……."

번쩍.

말이 채 끝나기도 전에 그자의 몸이 반으로 갈라져 바닥으로 나뒹굴었다. 그런 그의 시체를 밟으며 혁련휘가 성큼성큼 걸음을 옮겼다.

그가 걸음을 옮길 때마다 손을 타고 연신 피가 뚝뚝 떨어져 내렸다.

큰 부상을 입은 것이 확실한 모습.

그런데 뭘까?

죽어도 이상할 것 없어 보이는 피투성이의 혁련휘에게서 느껴지는 이 두려움의 근원은.

피투성이가 됐을 정도로 큰 부상을 입은 혁련휘는 한 걸음 한 걸음 힘겹게 소일홍에게 다가갔다. 사실 이렇게 살아 있는 것이 신기할 정도의 함정이었다.

연달아 터져 나간 벽력탄은 혁련휘의 뼈조차 남기지 않 겠다는 듯 막강한 화력을 뿜어냈다. 수백 개가 넘는 벽력탄 을 몸으로 버티고 나올 수 있었던 건 혁련휘의 무공 때문이 기도 했지만, 그것이 전부는 아니었다.

풍신갑으로 몸을 지키면서 호신강기마저 일으켰다. 그리 고 파멸혼을 들어 도막까지 만들며 모든 공격을 방비했다.

그렇지만 그것만으로 버티기 힘들 정도의 충격이 계속해 서 밀려들었다.

그런 혁련휘를 살게 한 결정적인 이유는…….

마교의 무인들이었다. 터져 나가는 벽력탄에 결국 무너 지려는 찰나 뒤편에서 몸을 지탱하고 있던 그들이 움직였 던 것이다.

교주인 혁련휘를 지키겠다는 그 일념 하나로.

십여 명에 달하는 그들은 자신의 몸을 방패 삼아 혁련휘를 지켜 냈다.

  겹겹이 선 채로 폭발을 자신의 몸으로 받아 낸 것이다. 마치 자신들을 다 뚫고서야 혁련휘를 죽일 수 있다는 걸 말하려는 것처럼.

  다가가는 혁련휘에게서 평소보다 더욱 진득한 살기가 터져 나오는 건 바로 그 때문이었다.

  그들은 자신을 위해 서슴없이 목숨을 던졌다.

  마교의 교주를 지키겠다는 생각으로 스스로의 몸이 가루가 되는 걸 마다치 않고 몸을 던졌던 것이다. 혁련휘는 내상과 외상을 입었지만 그들의 희생 덕분에 생명엔 문제가 없을 정도의 선에서 그칠 수 있었다.

  혁련휘는 주먹을 꽉 움켜쥐었다.

  이름도 모른다.

  그저 마교의 무인이라는 것밖에는.

  그런 그들의 죽음에 혁련휘는 분노했다.

  혁무조가 말했던 교주라는 자리의 무게가 뭔지 이제야 알 수 있었다. 이런 책임감이 따르기에, 이만큼 그 목숨이 지닌 무게가 무겁기에…….

  죽어 버린 그들에게 해 줄 수 있는 건 단 하나뿐이다.

  이놈들을 모두 죽여 그 원을 위로해 주는 것.

거리를 좁히고 들어가던 혁련휘가 힘겹게 입을 열었다.

"내 수하들이 죽었다. 그 대가를 너희가 치러야 할 것이다."

그의 살기 어린 경고에 이곳에 자리하고 있는 무인들은 서로의 눈치를 살폈다. 상태를 본다면 당장이라도 뛰어들어 가 목을 날려야 옳다.

그렇다면 마교 교주를 죽인 무인으로 두고두고 이름을 날리게 될 테니까. 게다가 지금의 위치보다 더욱 높은 곳까지 오를 수도 있을 것이다.

그런데 움직일 수가 없다.

터져 나오는 그 살기가 발을 붙잡고, 솟구치려는 호승심을 차갑게 식게 만든다.

힘겹게 다가오던 혁련휘가 아래를 바라보며 거칠게 기침을 했다.

그 순간 혁련휘의 입에서 주르륵 피가 흘러내렸다. 터져 나온 검붉은 피는 지금 그가 엄청난 내상을 입었다는 걸 말해 주고 있었다.

'이걸 어쩌지? 상태는 분명 최악인데……'

소일홍은 주변을 두리번거렸다.

상황이 이리되어 버리니 당연히 모두의 시선이 그녀에게로 향해 있다. 이곳에서 가장 강한 것이 바로 그녀였으니까.

그런 모두의 생각을 알면서도 소일홍은 고민했다.

최악의 상태, 그렇지만 일전에 우치와 함께 겨루고도 밀렸던 자신이다.

하지만…….

'저런 반병신을 이기지 못할 리가 없잖아?'

소일홍은 자신 있게 검을 꺼내어 들었다.

보는 눈도 많은데 물러서고 싶지도 않았고, 저 정도의 부상을 입은 상황이니 질 거라는 생각도 들지 않는다.

그녀가 비웃듯이 혁련휘에게 말했다.

"목숨 한번 질기네?"

"그러게. 그 덕분에 오늘 네 목숨은 끝날 것 같고 말이야."

말을 내뱉는 혁련휘의 호흡은 다소 거칠었다.

내상 때문에 속이 뒤틀린 상황, 그렇지만 그보다 방금 전 자신을 위해 목숨을 버린 수하들의 생각에 정신은 그 어느 때보다 또렷한 기분이다.

상태가 좋지 않은 혁련휘를 향해 소일홍이 말을 받았다.

"그 몸 상태로 되겠어?"

"안 될 건 없지. 너 정도는 양손을 안 써도 될 정도니까."

곧바로 받아치는 혁련휘의 말에 소일홍의 웃고 있던 얼굴이 미미하게 떨렸다. 그렇지만 그녀는 최대한 냉정하려 애썼다.

얼마 전 당했던 그 패배의 굴욕을 갚기 위해서다.

그녀가 내력을 끌어 올리며 천천히 검을 수평으로 세웠
다.

"그래? 그럼 어디 한번 그 잘난 입으로 놀린 말을 지킬
수 있을지 볼까?"

소일홍은 혁련휘를 앞에 둔 채로 수하들을 향해 바로 소
리쳤다.

"아무도 끼어들지 마. 너희 정도가 끼어들 판이 아니니까."

숫자로 압박하기엔 혁련휘의 수준이 너무나 뛰어났다.
오히려 수하들의 존재가 소일홍에게 거추장스러울 수도 있
는 지금, 차라리 혼자서 혁련휘를 제압하고자 정한 것이다.

말을 마친 소일홍은 혁련휘를 향해 쭉 찌르고 들어왔다.

순식간에 거리를 좁힌 그녀의 검이 지친 듯 서 있는 혁련
휘의 미간을 노렸다.

슉슉.

찔러 들어오는 검을 혁련휘는 고개를 옆으로 움직이며
피해 냈다. 동시에 그녀의 가슴팍을 향해 손바닥을 휘둘렀
다.

몰려든 뇌기가 그녀를 향해 꿈틀거렸다.

"어딜!"

재빠르게 공중제비를 돌며 뒤편으로 날아오른 그녀가 비

어 있는 혁련휘의 뒷목을 향해 재차 검을 움직였다. 날카로운 검기가 난자하려는 것처럼 기다렸다는 듯 밀려들었다.

휙휙.

그렇지만 검기는 허공을 가를 수밖에 없었다.

회전하며 휘둘러진 혁련휘의 파멸혼이 허공에 있는 그녀를 노리고 거세게 날아들고 있었다.

'이런!'

그녀는 황급히 공중에서 몸을 비틀며 그 공격을 피해 냈다. 하지만 착지가 쉽지 않아 그대로 옆으로 떨어진 그녀는 이어질지도 모르는 혁련휘의 공격을 피하기 위해 바닥을 데굴데굴 굴렀다.

순식간에 거리를 벌리며 자리를 박차고 일어선 소일홍, 그런 그녀의 눈에 보인 것은 자세를 잡은 채로 뇌기를 끌어모으고 있는 혁련휘였다.

파츠츠츠!

파멸혼을 집어삼킨 내력이 하늘에서 떨어지듯이 강렬하게 내리꽂혔다.

쾅쾅쾅!

뇌신강림의 초식이 펼쳐지며 그 범위 안에 있던 소일홍은 다급히 손바닥을 휘둘렀다. 내상을 입은 상대라 내공 싸움에서 지지 않을 거라 자신했던 소일홍.

그렇지만 막상 혁련휘의 힘과 장력이 마주하는 순간 피해를 입은 것은 그녀였다.

"윽!"

튕기듯 밀려 나간 소일홍은 새빨갛게 부어오르는 자신의 손목을 감싸 안았다. 허나 그녀는 고통스러워할 여유조차 가질 수 없었다.

어느샌가 혁련휘가 지척까지 다가와 있었으니까.

번쩍!

휘둘러신 파별혼을 피하기 위해 소일홍은 옆으로 황급히 몸을 날렸다. 아슬아슬하게 피해 낸 그녀가 막 검을 휘둘러 다가오는 혁련휘의 공격을 막아 내려 할 때였다.

타앙.

밀려 나간 검, 동시에 가까이 다가온 혁련휘가 소일홍의 목을 거칠게 움켜잡았다.

"크윽!"

소일홍은 다급히 숨을 들이켰다. 목을 움켜쥔 손에서 느껴지는 오싹한 힘, 그녀는 황급히 소매를 흔들었다.

소일홍의 장기는 검이 아닌 독이다.

그리고 휘둘러진 소매 속에서 준비해 둔 가루가 팍 하고 터져 나갔다. 순간적으로 가루가 자신을 덮치고 들자 혁련휘는 손을 들어 얼굴을 가렸다.

그 순간 소일홍은 혁련휘의 가슴팍을 발로 차며 목을 비틀었다.

가까스로 손에서 빠져나온 그녀는 반동을 이용해 뒤로 멀찍이 물러났다. 그녀가 거칠게 목을 움켜쥐고 기침을 토해 냈다.

"켁켁. 이 새끼야, 맛이 어떠……!"

화가 나면서도 제대로 한 방 먹였다는 생각에 호기롭게 외치던 소일홍의 목소리가 점점 잦아들었다. 거리가 좁혀진 상황에서 완벽하게 하독을 했다 생각했는데…… 놀랍게도 자신이 터트린 가루가 혁련휘의 앞에서 스르륵 흘러내리고 있었다.

가루의 치명적 약점. 바로 바람을 따라 움직인다는 거다.

그랬기에 그녀가 하독하기 무섭게 재빠르게 풍신의 기운을 이용해 바람을 일으킨 것이다. 그 탓에 소일홍이 뿜어낸 독분은 의미 없이 바닥으로 떨어질 수밖에 없었다.

혁련휘가 차가운 눈동자로 그녀를 응시했다.

피에 젖은 눈동자에서 느껴지는 섬뜩한 기운, 소일홍의 이마를 타고 식은땀이 주르륵 흘러내렸다.

'이 자식…… 괴물이야.'

내상을 입은 상태에서 자신을 이렇게 압도적으로 밀어붙일 거라고는 생각도 하지 못했다. 물론 무력으로만 친다면 신도율을 따르는 네 사람 중 가장 약한 게 그녀다.

그런 그녀가 그들에게 밀리지 않는 이유는 바로 이 독 때문이다.

그랬기에 소일홍은 독하게 마음먹었다.

'그냥 싸웠다가는 질지도 몰라.'

지금 혁련휘의 가장 큰 약점은 바로 내상이다. 그런 그의 속을 다시 한 번 뒤집을 수만 있다면…… 이 싸움의 승자는 자신이 될 것이다.

천천히 숨을 들이마신 그녀가 내공을 양 손바닥으로 집중시켰다. 그리고 기다렸다는 듯 그녀의 손바닥을 향해 녹색 빛을 머금은 장력이 모여들기 시작했다.

그리고 그 장력은 보통의 것이 아니었다.

그녀의 장기인 독장 중 최고의 살상력을 자랑하는 만독쇄심장(萬毒碎心掌)이다.

만 가지 독이 마음마저 부순다고 이름 붙여진 것처럼 만독쇄심장은 치명적인 무공이다. 몸으로 파고들게 되면 사지의 모든 근육들이 끊어진다. 그리고 장기마저 모두 녹여 버릴 정도의 지독한 독성을 지니고 있다.

소일홍이 지닌 최고의 장법.

은은하게 퍼지기 시작한 녹색의 기운이 주변의 생기마저 빨아들이는 듯한 착각을 불러일으켰다.

원래대로였다면 내공이 앞서는 혁련휘에게 통하지 않을 공산이 컸지만…… 지금처럼 엉망이 된 상황이라면 이 독장이 몸 안으로 스며드는 것만으로도 치명상이 될 수 있다.

범상치 않은 일격을 펼칠 거라는 걸 느끼면서 혁련휘가 입을 열었다.

"죽기 전에 이건 말하고 가지? 네놈 수장을 어디로 가면 만날 수 있는지를."

"네가 그분을 만날 일은 없을 거야. 바로 지금 내 손에 죽을 거거든. 그리고 그분이 어디 있는지 궁금하다면…… 너와 함께 저승 구경 갈 아비한테나 물어봐."

조롱하듯 내뱉는 그 말에 혁련휘의 미간이 꿈틀했다. 돌려서 말하고 있었지만 소일홍이 말하는 말의 의미를 모를 리 없었다.

자신이 쫓는 그자, 그가 향해 있는 곳은 바로 혁무조의 거처가 분명했다. 자신을 죽이기 위해 어마어마한 벽력탄을 투자했던 것처럼, 혁무조를 제거하기 위해서는 이들의 수장이 직접 움직였던 모양이다.

대답을 들은 혁련휘가 짧게 말을 내뱉었다.

"아무래도 널 서둘러 죽여야 할 이유가 하나 더 생긴 것 같군."

"왜? 네 아비가 걱정이라도 되나 봐? 하지만 이미 늦었

어. 그분이 가신 이상 이미 혁무조 그자는 이 세상 사람이
아닐 테니까."

"뭘 모르는군."

"……모르다니?"

"그 사람 그렇게 쉽게 당할 위인은 아니거든."

최근에도 병상에 누워 있었다곤 하지만 혁무조의 강함을
어릴 때부터 보아 왔던 혁련휘다. 그런 그가 아무리 몸 상
태가 좋지 않다 한들 그 누구에게 패한다는 건 도저히 머리
에 그려지지 않는다.

누구에게도 지지 않을 강함을 지닌 사내, 그것이 바로 천
하제일인이라 불리는 혁무조라는 사람이다.

혁무조에게 그자가 갔다는 사실이 조금 신경 쓰이긴 했
지만 혁련휘는 한편으로 오히려 잘됐다는 생각도 들었다.

그동안 모습을 감추고 있어 찾지 못했던 그들이 모두 드
러난 지금, 이곳에서 이 질긴 싸움의 종지부를 찍을 수 있
게 됐으니까.

혁련휘는 피가 스며들며 흐릿하게 변하는 시야를 억지로
붙잡으며 내공을 끌어모았다.

그의 손바닥에 불꽃이 일었다.

피하지 않는다. 시간이 촉박하다는 걸 깨달은 그는 단번
에 끝내기 위해 오히려 정면 대결을 택한 것이다.

그런 혁련휘의 모습에 소일홍은 속으로 이를 갈았다.

'날 우습게 봤나 본데, 어디 이 독장을 받고서도 그렇게 나올 수 있나 보자.'

화가 나긴 했지만 오히려 바라던 바다.

만독쇄심장이 뿜어내는 독은 가까이에 있는 것만으로도 중독될 정도로 치명적이다. 그걸 내력을 실어 몸 안에 박아 넣어 버리게 된다면 혁련휘의 목숨 또한 자신이 거둘 수 있으리라.

소일홍은 모든 내공을 쥐어짠 채로 혁련휘를 향해 몸을 날렸다.

슈욱!

단숨에 혁련휘를 향해 달려드는 그녀가 양손을 들어 올렸다. 손 주변을 에워싸고 있던 녹색의 빛이 지독한 독기를 사방으로 확 하고 터트렸다.

동시에 그녀의 손바닥이 혁련휘를 향해 날아들었다.

그리고 기다렸다는 듯 혁련휘 또한 자신의 손바닥을 소일홍을 향해 휘둘렀다.

쩌엉!

서로의 양손이 충돌하는 그 순간 주변으로 작은 미풍이 불어닥쳤다. 그리고 손이 맞닿기 무섭게 소일홍의 녹색 기운과 혁련휘의 손바닥에 일고 있던 불꽃이 서로를 죽일 듯이 집어삼키기 시작했다.

스스스스!

둘 주변으로 퍼져 나가기 시작한 기가 마치 지진이라도 난 것처럼 땅을 뒤흔들리게 만들었다.

쿠르르릉!

소일홍의 이마에 송골송골 땀이 맺히기 시작했다.

진동하는 땅은 당장이라도 천지가 뒤집힐 것만큼 거세게 반응한다. 그렇지만 그녀는 움직일 수 없었다. 조금이라도 기의 흐름이 흐드러지는 순간 상대방의 힘이 자신을 잠식할 것을 잘 알았기에.

손을 맞댄 채로 서로 간의 내공 싸움을 시작한 상황, 소일홍은 이를 악물었다.

'대체 뭐야?'

조금만 버틴다면 곧 내공이 바닥나고 자신의 독장이 혁련휘의 몸을 집어삼킬 거라 여겼다. 그렇지만 아니다. 그는 마치 커다란 바위라도 된 것처럼 꿈쩍도 안 하고 버티고 있었다.

그렇게 되자 오히려 초조한 것은 소일홍이었다.

뜨거운 불꽃이 그녀의 팔을 점점 잠식해 들어간다. 그 열기에 점점 땀이 흘러내렸고, 고통이 팔을 타고 점점 어깨까지 밀려들기 시작했다.

'안 돼. 이대로 가다가는⋯⋯.'

더는 못 버틴다 여겼는지 소일홍은 작전을 바꿨다. 순간적으로 남아 있는 모든 힘을 터트려서 일순 내공을 몰아붙이려고 한 것이다.

장기전으로 가게 될 것 같아 서로 적당한 수준의 힘겨루기에 들어선 지금 순간적인 힘 조절로 상대를 무너트릴 생각이었다.

그렇게 눈치를 살피던 소일홍은 오히려 힘이 부친다는 듯 내공을 점점 떨어트렸고, 그렇게 혁련휘의 내공이 점점 빨려 들어오려는 그 순간!

'지금이야!'

기다렸다는 듯 소일홍은 일부러 감춰 두었던 남은 힘을 동시에 토해 냈다. 그녀의 손바닥 주변에만 어른거리던 독 기운이 일순 주변으로 만개하듯 확 하고 펼쳐졌다.

그것과 동시에 막 뻗어져 나가던 독 기운.

그런데⋯⋯.

덜컹!

소일홍은 갑자기 몸의 힘이 턱 하니 풀리는 것과 동시에 어마어마한 충격이 손바닥을 타고 전신으로 뻗어져 들어왔다.

온몸의 털이 곤두서고, 눈알이 빠져나올 것 같은 고통이 그녀의 몸을 집어삼켰다.

소일홍은 결국 버텨 내지 못하고 피를 분수처럼 뿜으며 뒤로 주춤거리듯 물러나다 바닥에 털썩 주저앉고야 말았다.

그렇지만 그것이 끝이 아니었다.

타오르기 시작한 불꽃이 그녀의 양손을 집어삼켰다.

"끼악!"

고통에 찬 비명을 내질렀던 소일홍은 그대로 게거품을 물고는 앞으로 푹 하고 쓰러졌다. 그녀는 바닥에 엎어진 채로 고통에 덜덜 떨고 있었다.

다행히 손이 재로 변하거나 한 건 아니었지만 새카맣게 그을린 상태로 손가락 하나 까딱거리기 힘들 정도로 망가져 버렸다.

어쩌면…… 영영 두 손을 쓰지 못하게 될지도 몰랐다.

내상과 외상을 동시에 받으며 그녀는 연신 피를 토해 냈다.

"컥컥."

엎어진 채로 피를 토하면서도 소일홍은 지금 이 상황이 쉽사리 이해가 되지 않았다. 분명 자신이 내력을 쏟아 붓는 순간에도 혁련휘의 힘은 그리 강하지 않았다.

이겼어야 할 싸움, 그런데 왜 쓰러져 있는 것이 자신이란 말인가?

그녀는 바닥에 엎어진 채로 고통에 잠식되어 가는 와중에도 독한 눈으로 혁련휘를 노려봤다.

'분명 내가 이겼어야 했는데 어떻게 그 적은 힘만으로 날…….'

속으로 중얼거리며 열린 입으로 연신 피를 토해 내던 소일홍의 머리에 순간적으로 뭔가가 떠올랐다. 그녀의 눈동자가 크게 떠졌다.

'사량발천근(四兩發千斤)?'

넉 냥의 힘으로 천 냥의 힘을 받아 낸다는 무공의 일종이다. 오히려 적은 힘으로 기운의 방향만 바꾸어 버린다는 무공.

상대의 기운을 오히려 역이용한다는 사량발천근의 묘리가 갑자기 떠오른 것이다.

물론 사량발천근에 대해서는 소일홍 또한 잘 알고 있다.

허나…… 이런 목숨을 건 상황에서 조금이라도 삐끗한다면 그건 죽음을 불러일으킬 실수가 될 수도 있는 것이다.

또한 사량발천근을 사용하기 위해서는 상대의 기의 흐름을 완벽하게 파악해야만 가능하다.

만약 처음부터 혁련휘가 사량발천근을 노렸던 것이라면…… 자신은 함정에 빠졌던 꼴이 된다.

그리고 그런 소일홍의 예상대로였다.

혁련휘만을 노렸던 소일홍과는 달리 그는 이곳에 남은 병력과, 또 추후에 상대해야 할 적들까지 염두에 두었던 것이다.

그랬기에 최소한의 힘으로 상대방을 제압하기 위해 이같이 사량발천근의 수까지 사용하며 소일홍 그녀가 스스로의 힘으로 자멸해 버리게 만들었다.

바닥에 쓰러진 채로 부르르 떨고 있는 소일홍을 바라보던 혁련휘가 잘게 기침을 토해 냈다.

"콜록, 콜록."

소일홍을 쓰러트리긴 했지만 혁련휘 또한 독 기운에 노출되면서 가뜩이나 엉망이 된 속이 다시 한 번 뒤집혀 버린 탓이다.

평소였다면 이 정도의 독기에 꿈쩍도 않았을 그이지만 지금은 상황이 좋지 못했다.

벽력탄으로 인해 엉망이 된 몸 상태, 시야는 점점 흐려지고 머리 또한 아파 온다. 그렇지만 혁련휘는 고개를 저으며 애써 정신을 깨웠다.

아직은 해야 할 게 남았다.

혁련휘는 잠시 허리춤에 넣어 두었던 파멸혼을 꺼내어 들었다.

소일홍의 목숨을 거둬야 했고, 이곳에 남아 있는 그녀의 수하들과도 싸워야 할 상황이 올 거라 여긴 탓이다.

파멸혼을 든 채로 소일홍을 향해 성큼 다가가고 있을 때였다.

"거기까지."

옆에서 들려온 나지막한 목소리가 혁련휘의 발걸음을 붙잡았다. 고개를 돌리지 않았음에도 불구하고 혁련휘는 직감적으로 알 수 있었다.

지금 이 말을 던진 자가…… 자신이 그토록 찾아다니던 그들의 수장이라는 것을.

찾고 싶었다.

그리고 만나고 싶었다.

원이를 죽음으로 몰고, 이 마교를 음지에 숨어 뒤흔들고 있는 그 존재를.

혁련휘가 천천히 고개를 돌려 목소리가 들려온 쪽으로 시선을 던졌다. 그리고 그곳에는 신도율이 자리하고 있었다.

여유 있어 보이는 신도율, 그리고 피투성이가 된 혁련휘.

수많은 인연과 악연이 뒤엉켜 있는 두 사람이 처음으로 서로를 마주 바라보고 있었다.

혁련휘와 시선이 마주하는 그 순간 신도율은 알 수 없는 오싹함을 느꼈다. 마치 오랜 시간 기다려 왔던 반쪽을 만난 것만 같은 묘한 쾌감이 밀려든다.

그리고 그 순간, 상대를 확인한 혁련휘의 눈동자가 미묘하게 흔들렸다.

저자를 본 기억이 있었다.

아주 짧은 스침, 그렇지만 다소 독특한 저 모습이 혁련휘의 기억 속에 있었던 것이다.

얼굴을 가린 머리카락 사이에서 슬쩍 드러난 눈동자가 묘한 빛을 토해 내고 있었다. 그런 신노율을 가만히 바라보던 혁련휘가 이내 입을 열었다.

"……너였구나."

"뭐야? 나를 기억하나 보네? 아주 잠깐 스치듯이 본 게 전부였는데."

안다는 듯한 목소리에 신도율은 놀랍다는 듯 말을 받았다. 그런 그를 향해 혁련휘가 고개를 끄덕이며 말을 이어 나갔다.

"기억해. 혈뢰주가에 몸담고 있던 놈. 마교 내부에 잠입해 있을지도 모른다고 생각은 했지만…… 이 정도로 모습을 드러내고 있을 줄은 몰랐군."

"원래 등잔 밑이 가장 어두운 법이니까."

어깨를 으쓱하며 말하는 신도율을 바라보던 혁련휘는 손

에 들고 있던 파멸혼을 그가 있는 방향으로 돌렸다.

그리고 혁련휘의 손에 있는 파멸혼을 본 신도율의 눈동자가 번쩍였다. 예전부터 탐을 냈지만 가질 수 없었던 물건이 눈앞에 있었으니까.

이렇게 보게 될 거라고는 상상도 못 했던 물건.

순간 파멸혼의 주변으로 뇌기가 터져 나오기 시작했다. 익숙한 그 모습을 본 순간 신도율은 자신도 모르게 입가에 미소를 머금었다.

예상했던 대로 혁련휘라는 사내가 자신과 똑같은 무공을 익히고 있었다는 걸 확인할 수 있었기 때문이다.

신도율이 입을 열었다.

"아쉽네. 너 제법 마음에 드는데 말이야. 그래도 서로의 입장이 입장이다 보니 오늘 둘 중 하나는 여기서 죽어야겠지? 그런데 이거 어쩌나. 이미 누가 죽을지 정해진 것 같은데 말이야."

웃고 있던 신도율이 이내 자신 있는 목소리로 말을 이었다.

"넌 날 죽었다 깨도 못 이기거든."

8장. 애송이
— 울면서 도망가도 안 봐준다

절대 자신을 이길 수 없다는 신도율의 말에 혁련휘는 고 개를 저으며 대꾸했다.

"그건 네 생각이겠지."

"글쎄. 과연 그게 내 생각에 불과할까?"

말을 내뱉는 신도율의 시선이 향한 곳은 다름 아닌 파멸 혼으로 자신을 겨누고 있는 혁련휘의 손이었다. 애써 담담 한 척하고 있었지만 자신을 겨누고 있는 손이 가볍게 떨리 고 있다.

그만큼 상태가 좋지 않고, 지쳤다는 걸 의미하고 있었다.

그 모습을 본 신도율은 픽 웃음을 흘렸다.

정상적인 상태였다 해도 자신의 적수가 되지 못했으리라. 그런데 이렇게 엉망이 된 몸을 이끌고 자신과 싸워서 이길 수 있을 리가 없다.

지금의 그는 환자와 다름없어 보였다.

허나 그렇다고 해서 몸이 낫고 나서 붙어 보자며 선심을 베풀 사이는 아니었다. 방금 말한 것처럼 둘 중 하나는 죽어야만 하는 사이였으니까.

혁련휘가 쓰러져 있는 소일홍을 슬쩍 고갯짓으로 가리키며 물었다.

"네가 그자를 만나러 갔다던데 아무래도 못 만난 모양이군."

혁련휘가 말하는 그자가 혁무조라는 걸 알아차린 신도율은 놀란 얼굴로 대답했다.

"맞아. 그의 거처가 비워져 있더군. 어떻게 안 거지?"

"네 행색이 너무 멀쩡해서 말이야."

예상하긴 했지만 신도율의 대답을 들은 혁련휘는 내심 한 가지 걱정을 덜었다. 소일홍의 말대로였다면 신도율은 혁무조를 제거하기 위해 움직였을 것이다.

그런 계획을 지녔던 그가 이곳에 온 것을 보고 내심 신경이 쓰였던 혁련휘다.

그렇지만 옷 하나 흐트러지지 않은 모습을 보고 혁련휘

는 신도율이 혁무조와 만나지 못했을 거라 판단했다. 신도율이 제아무리 강하다 한들 혁무조와의 싸움을 끝낸 자가 저토록 멀쩡할 순 없었을 테니까.

어디에 갔다 온 건지는 모르겠다.

다만…….

'다행이오.'

이번 습격에 혁무조는 무사할 거라는 생각이 들자 혁련휘는 다행이라는 생각이 들었다. 그가 이번 일에서 무사할 거라는 생각에 왜 이리도 마음이 놓이는지 모르겠다.

그런 혁련휘의 속내를 아는지 모르는지 신도율은 가볍게 목을 풀며 말을 이었다.

"뭐 바뀌는 건 없을 거야. 그냥 누가 먼저 가는지 순서만 바뀐 정도니까."

말을 마친 신도율은 허리에 슬며시 손을 가져다 댔다. 그의 손을 따라 한 자루의 도가 소리를 내며 부드럽게 뽑혀져 나왔다.

혁련휘의 무공이자, 신도율의 것이기도 한 아수라라는 무공은 보통의 무기가 버텨 낼 수 있는 종류의 것이 아니었다.

그랬기에 신도율의 도 또한 나름 중원에 알려진 신병이기였다.

천인도(天人刀)라 이름 붙여진 이 물건은 썩 괜찮은 물건이었다. 수많은 이들이 목숨을 걸 정도의 명도, 그렇지만 아무리 그렇다고 한들 지금 눈앞에 있는 파멸혼만큼 뛰어난 무기는 아니다.

천인도를 뽑아 든 신도율이 손을 까닥였다.

"오라고."

"……실력 한번 보지."

나지막한 대답과 함께 혁련휘가 움직였다.

지친 몸, 그렇지만 지금 이 순간 정신만큼은 또렷했다. 그토록 찾던 상대가 눈앞에 있었으니까.

파멸혼에 휩싸인 뇌기가 기다렸다는 듯이 날뛰기 시작했다.

좌르르륵!

어두운 밤을 가르며 날아드는 파멸혼을 바라보던 신도율이 씨익 웃었다. 동시에 그의 손에 들린 천인도에도 뇌기가 밀려오기 시작했다.

신도율의 도가 날아드는 혁련휘의 파멸혼을 향해 움직였다.

카앙!

두 개의 도가 맞닿는 순간 주변으로 뇌기가 요동쳤다. 뒤이어 쏟아져 나가는 엄청난 충격파에 그나마 가까이에 있

던 무인들은 놀라서 뒷걸음질 쳐야만 했다. 그리고 누군가
가 빠르게 다가와 쓰러져 있는 소일홍을 둘러업고 뒤쪽으
로 빠졌다.

쿵쿵!

연달아 터져 나오는 굉음.

그저 두 사람의 도가 마주했을 뿐이거늘 마치 번개가 치
는 것처럼 주변의 땅들이 터져 나간다. 둘의 기운이 충돌하
면서 생겨나기 시작한 거친 바람이 두 사람의 머리카락을
마구 흩날리게 만들었다.

파파팍!

맞대고 있던 도를 약속이라도 한 듯 뗀 두 사람은 서로를
향해 무자비하게 공격을 퍼붓기 시작했다.

단 한 호흡에 수십 차례 도가 뒤섞였다.

캉캉캉!

뇌기가 휩싸인 도들의 충돌로 가뜩이나 엉망이 되어 있
는 주변이 더욱 뒤집어졌다.

서로의 도가 뒤엉키며 상대방의 목숨을 노리는 순간순간
들.

신도율의 입가에 걸려 있는 미소가 짙어졌다.

재미있었다.

지금 이 싸움이.

자신과 같은 무공을 쓰고, 또 뛰어난 실력을 지닌 혁련휘와의 싸움이 무척이나 즐거웠다. 그리고…… 그런 그를 꺾고 승자가 될 거라는 걸 알기에 더욱 좋았다.

눈앞에 있는 이 사내, 혁련휘.

이 사내가 바로 시대가 선택한 자다.

그런 그를 꺾음으로써 신도율 자신은 새로운 시대의 주인이 될 것이다.

거칠게 도를 뒤섞어 가던 도중 강하게 신도율을 밀쳐 낸 혁련휘의 파멸혼이 갑자기 뒤편으로 향하는 듯하더니 이내 수십 개의 뇌기의 가닥들을 하나로 끌어모으기 시작했다.

그리고 그걸 보는 순간 기다렸다는 듯 신도율 또한 혁련휘와 똑같은 자세를 취했다.

마치 거울에 비친 자신을 보는 듯이 빼다 박은 자세.

츠츠츠츠츠!

둘의 도에서 약속이라도 한 듯이 동시에 뇌신참이 터져 나왔다.

쿠콰쾅!

둘의 도가 향한 곳에 위치한 공간이 박살이 났고, 그 힘을 직접 마주한 두 사람 모두 그 충격파에 휩싸였다.

파멸혼을 세운 채로 마치 몸을 보호하는 듯한 자세를 취한 채로 혁련휘의 몸이 뒤로 쭈욱 밀려 나갔다. 발바닥 아래에서 흙먼지가 풀풀 피어올랐다.

수십 걸음 가까이를 밀려 나간 혁련휘의 입에서 기침과 함께 피가 터져 나왔다.

"쿨럭."

반면 천인도를 든 신도율은 뒤로 밀려 나가긴 했지만 상태는 그리 나빠 보이지 않았다.

혁련휘는 끓어오르는 기혈을 억지로 내리누르며 곧바로 신도율을 향해 도약했다. 그러고는 피를 토해 냈던 건 아랑곳도 하지 않고 곧바로 뇌신강림의 초식을 사용했다. 주변으로 터져 나가기 시작한 뇌기를 파멸혼으로 끌어모은 혁련휘는 곧바로 신도율을 향해 내리쳤다.

번쩍!

날아드는 공격에 신도율 또한 마찬가지로 뇌신강림의 초식으로 대항했다. 그는 아래에서 위로 거칠게 천인도를 휘둘렀다.

쩌엉!

소리와 함께 두 사람이 몸이 빛에 휩싸였다.

그리고 둘을 기준으로 하여 주변으로 구 형태의 충격파가 밀려 나갔다.

콰드득.

그나마 남아 있던 바위조차도 가루가 되어 버리는 공간

속. 둘은 연달아 격돌하고 있었다. 속도와 힘이 뒤섞인 혁
련휘와 신도율의 공격이 서로를 죽일 듯이 밀려들었다.

캉캉! 캉!

숨도 쉬지 않고 터져 나오는 둘의 공격은 매섭기 그지없
었다. 두 사람은 마치 한 몸이라도 된 것처럼 서로의 움직
임을 읽고, 그에 맞춰 반격하는 식의 공격을 이어 갔다.

솟구쳐 올랐던 신도율의 공격을 받아 낸 혁련휘.

그렇지만 공격은 거기서 끝이 아니었다. 신도율은 빠르
게 발로 혁련휘의 어깨와 가슴팍을 걷어찼다. 그리고 이어
주춤거리며 밀려 나간 그의 얼굴에 몸을 회전시키며 일격
을 가했다.

날아든 발에 얼굴을 가격당한 혁련휘의 몸이 빙그르르
돌았다. 그렇지만 쓰러지지 않고 무릎으로 바닥에 착지한
혁련휘는 곧바로 자신의 앞으로 떨어져 내리는 신도율의
가슴에 일장을 후려쳤다.

퍽!

그 일격에 신도율의 몸이 허공으로 붕 뜨더니 멀찌감치
까지 밀려 나갔다.

치명상이 될 수도 있는 공격이었다.

그렇지만 같은 아수라라는 무공을 익힌 신도율이었기에
그는 가슴으로 날아든 장력을 풍신갑을 일으켜 약하게 받

아 낼 수 있었다.

풍신갑으로 막아 냈음에도 불구하고 가슴에 느껴지는 알싸한 고통에 신도율은 재미있다는 듯 웃음을 흘렸다.

'보고대로군. 예상했던 것보다 훨씬 강해.'

아픈 건 비단 가슴뿐만이 아니었다.

서로 죽일 듯이 도를 휘둘러 대던 팔이 얼얼하다.

사실 손을 섞고 나서 신도율은 적잖이 놀란 상태였다. 자신이 저 정도 나이였을 때는 결코 이 정도 경지에 오르지 못했었다.

분명 놀라울 정도의 재능과 실력을 겸비했다.

허나……

"……"

새하얀 안색으로 버티고 서 있는 혁련휘의 얼굴을 보며 신도율은 그에게 한계가 다가오고 있음을 직감했다. 피를 토하지 않기 위해 억지로 입술을 깨물고 있는 모습이 눈에 들어온다.

당연하다.

벽력탄으로 인해 그토록 심한 내상을 입었고, 그 이후엔 소일홍의 독장과 마주했다. 그리고 이어지는 자신과의 대결.

버틸 수 있을 리가 없다.

혁련휘와의 싸움은 분명 재미있었다.

거울 속의 자신과 싸울 수 있다면 과연 이런 기분일까?

그렇지만 지금 신도율은 재미만을 추구하고 있지 않았다. 그에겐 해야 할 일이 있었으니까. 빠르게 이곳을 정리하고, 사라진 혁무조를 찾아 제거해야 한다.

혁무조, 그는 신도율에게는 특별한 의미를 지닌 자였으니까.

그렇게 혁씨 부자를 모두 제거한 이후 신도율은 마교를 접수하기 위해 움직여야 한다. 그 모든 일들을 위해서는 지금 이 싸움, 빠르게 종지부를 찍어야만 했다.

'그럼 슬슬 실력을 올려 볼까?'

여태까지 어느 정도 혁련휘에게 맞춰서 움직여 준 신도율이다. 그렇지만 이제 끝을 내기로 마음먹은 것이다.

신도율의 천인도에 이번엔 불꽃이 일었다.

그렇지만 공격의 시작은 그의 도가 아닌 손가락 끝에서 일어났다. 화려한 불꽃 너머에서 신도율의 손가락 두 개가 튕겨졌다.

그리고 그 끝에서 기다렸다는 듯 두 개의 지공이 터져 나왔다.

쒜에엑!

수룡십마지(水龍十魔指)다.

올라오려는 피를 억지로 내리누르고 있던 혁련휘는 재빠르게 파멸혼으로 그 공격을 받아 냈다. 그렇지만 수룡십마지는 단순한 지공으로 치부하기에는 그 힘이 너무나 강대했다.

콰드득!

혁련휘의 몸이 뒤로 밀려 나감과 동시에 억지로 참아 내고 있던 속이 결국 참지 못하고 비명을 질러 댔다. 그의 입으로 분수처럼 피가 터져 나갔다.

그리고 그때를 노려 신도율의 불꽃이 밀려들었다.

부웅! 붕!

뜨거운 열기가 훅 하고 다가왔다.

혁련휘는 진탕이 된 속임에도 불구하고 파멸혼을 들어 올려, 지지 않고 그 공격을 받아 냈다.

쿠웅!

둘 사이에서 터져 나온 굉음, 동시에 둘 사이에서 충격파가 발생하며 서로가 밀려 나갔다. 허나 이번엔 혁련휘는 바닥을 데굴데굴 굴렀다.

"큭."

바닥을 구르는 와중에서도 놓치지 않겠다는 듯 강하게 파멸혼을 움켜쥐고 있던 혁련휘는 바닥에 쓰러진 채로 거칠게 숨을 몰아쉬었다.

혁련휘가 힘겹게 몸을 일으켜 세웠다.

그 순간 신도율이 지척까지 달려들고 있었다.

당황한 혁련휘가 파멸혼을 들어 올려 날아드는 공격을 연달아 막아 냈다.

팍팍!

둘의 도가 허공에서 엉키는 순간 신도율의 힘이 갑자기 허공에서 폭발했다. 그리고 그곳은 혁련휘의 가슴팍 부근이었다.

펑!

폭발과 함께 덩달아 혁련휘의 가슴팍이 터져 나가며 그 또한 뒤로 날아갔다.

뒤로 몇 바퀴나 구르던 혁련휘는 재빠르게 파멸혼을 땅에 박아 넣으며 균형을 잡았다. 풍신갑으로 보호를 했기에 망정이지 그러지 못했다면 당장이라도 몸 안의 장기가 모두 쏟아져 나왔을 정도의 치명상을 입었을 게다.

허나 쓰러지지만 않았을 뿐이지 혁련휘의 몸 상태는 엉망이었다. 내상에 외상, 그리고 정신없이 연달아 충격을 받으면서 입었던 부상들이 더욱 심하게 치닫고 있었다.

혁련휘의 정신력이 뛰어나서 버티고 있었던 것뿐이지 애초에 벽력탄에 당했을 때부터 서 있다는 거 자체가 기적에 가까운 상황이었다.

그런 상태로 마교를 집어삼키려고 하는 이들의 수장인 신도율과의 싸움은…… 사실 승산이 없는 것이기도 했다.

끊어지려는 정신을 억지로 붙잡는 사이, 가까스로 몸을 지탱한 혁련휘를 향해 신도율이 치고 들어왔다.

파파팍!

당장에 죽어도 이상할 것 없어 보일 정도로 피를 흘리며 비틀거리는 혁련휘.

그런 그를 향해 신도율은 자신의 모든 힘을 개방했다. 치솟아 오른 뇌기는 천인도가 견뎌내기 힘들 성노로 극한까지 응축되었다.

부르르르!

떨리는 도신.

그리고 동시에 신도율의 손에서는 다시금 뇌신참이 터져 나왔다.

쏴아아아!

주변의 모든 것들이 쓸려 나간다는 착각이 일 정도의 파괴력. 그리고 그 모든 건 혁련휘를 향하고 있었다.

쿠앙!

폭발과 함께 인근의 모든 것들이 터져 나갔다.

그리고 그 이후 피어오른 지독할 정도의 흙먼지들. 신도율은 자신의 천인도를 슬며시 허리에 가져다 대면서 승리를 확신했다.

'끝이군.'

내상을 입고 비틀거리는 상대에게 정확하게 쏟아진 뇌신참이다. 제아무리 뛰어난 무인이라 할지라도 버텨냈을 리 없다.

그렇게 막 천인도를 넣으려고 하던 신도율의 시선에 흙먼지 사이에서 보이는 거뭇거뭇한 뭔가가 들어왔다.

그리고 그 존재를 확인하는 순간 신도율은 도를 넣으려던 손을 멈췄다.

"설마……."

자신도 모르게 내뱉은 소리.

그리고 이내 모습을 드러낸 것은 두 발로 버티고 서 있는 혁련휘의 모습이었다.

그는 파멸혼을 앞에 꽂은 채로 날아드는 뇌신참을 받아냈던 것이다.

물론 그 대가는 참혹했다.

한 치 앞을 분간하기 힘들 정도로 많은 양의 피가 이마를 타고 눈까지 줄줄 흘러내리고 있었고, 양다리와 팔은 후들거리고 있다.

그렇지만 그 모습만으로도 신도율은 감탄한 자신의 속내를 감추기 어려웠다.

'대단하군.'

그런 최악의 몸 상태로 어떻게 자신의 최후의 일격까지 버텨 낸 것일까?

혁련휘는 피투성이가 된 고개를 치켜든 채로 신도율을 바라보고 있었다. 두 눈에서는 지지 않겠다는 듯한 투지가 불타오르고 있었지만…… 아쉽게도 몸은 그런 그의 정신을 따라오지 못하고 있었다.

혁련휘가 힘겹게 한 걸음을 움직이려 했다.

그렇지만 그것이 전부였다.

발은 마치 마비라도 된 것처럼 미동도 하지 않았다.

혁련휘는 화가 나는지 이를 악물었다.

'움직여, 아직 끝나지 않았어.'

해야 할 게 남았다.

원이의 복수를 해야 했고, 혁무조의 부탁대로 이 마교를 이끌어야 했다. 그리고…… 이제는 멀리 떨어진 그 아이.

비설.

그녀에게 상처를 주고 싶지 않았다.

돌아온 비설이 자신이 죽었다는 걸 알면 얼마나 괴로워 할까?

생각이 거기까지 미치자 혁련휘는 이를 악물었다.

그리고는 움직이지 않던 다리에 힘겹게 힘을 주기 시작

했다. 그런 그의 결연한 의지 때문이었을까?

다리가 조금씩 앞으로 나아가고 있었다.

그런 혁련휘의 모습에 신도율은 재차 놀라긴 했지만 그뿐이다.

천인도를 쥔 채로 신도율은 혁련휘를 바라봤다.

'아십군. 몸만 멀쩡했다면 조금 더 재미있는 싸움을 했을 텐데.'

너무나 고강한 위치에 오른 신도율이었기에, 이 정도 강자와 싸우는 건 쉽사리 느낄 수 없는 쾌감이었을 게다.

멀쩡하지 않을 때 싸운 게 조금 아쉽긴 했지만…… 혁련휘의 상황이 좋았다고 해도 결과가 변하지는 않았을 것이다.

분명 혁련휘는 자신의 예상을 훨씬 뛰어넘는 고수였다.

그렇지만 그가 멀쩡했다 해서 자신이 패했을까?

아니, 그럴 일은 없다.

그 차이를 정확히 가늠할 순 없었지만 모든 부분에서 신도율은 혁련휘보다 한 보 앞서 있었다. 재미있는 싸움은 됐겠지만 결국 승자는 자신이었을 것이다.

물론 멀쩡한 혁련휘와 싸웠다면 신도율 또한 적지 않은 피해는 감수했어야 할 게다.

그리고 이건 아주 만약이지만…… 몇 년 정도 후에 이

사내를 만났다면 그때도 과연 이런 결과가 나왔을 거라고
는 자신할 수 없었다.

이토록 젊은 나이에 이런 경지에 오른다는 것 자체가 말
이 되지 않았으니까.

위험 요소가 될 자.

이번 기회에 죽일 수 있게 돼서 다행이라는 생각이 들었
다.

신도율은 자신을 향해 발을 질질 끌며 다가오는 혁련휘
를 바라보다 짧게 말했다.

"아무래도 신은 내 편인 듯하군. 너를 지금 만나게 해 준
걸 보니 말이야. 뭐, 억울해하지는 말라고. 넌 분명 강했으
니까. 그저…… 날 너무 일찍 만난 걸 재수 없었다 여겨."

말을 마친 신도율은 천인도를 쥔 채로 성큼 걸음을 옮겼
다.

인제 그만 마교 교주 혁련휘의 숨통을 끊어야 할 때다.
빠르게 거리를 좁히고 들어오던 신도율이 천인도로 반원을
그리며 위쪽으로 치켜들었다.

혁련휘와의 거리가 고작 삼 장 정도로 좁혀지는 찰나였
다.

쒜엑!

갑자기 느껴지는 기척에 신도율은 다급히 몸을 회전하며

뒤로 물러나야만 했다. 그리고 그런 그의 빠른 판단은 위험한 상황을 피하게 만들어 줬다.

콰앙!

방금 전까지 신도율이 내딛던 공간이 박살이 나며 터져 나갔다. 커다란 구덩이가 생겨난 그 공간, 흙먼지를 일으키며 서서히 누군가 모습을 드러냈다.

하늘 위에서 뚝 떨어지듯 나타난 중년의 사내.

그 상대를 확인한 신도율의 눈동자는 심하게 흔들렸다.

이렇게 마주하기를 얼마나 고대했던가.

자신에게 패배를 안겼던 모든 이들을 죽였던 신도율이다. 그런 그가 아직까지도 매듭짓지 못한 유일한 한 사람.

부드득 이를 갈며 신도율이 소리쳤다.

"……혁무조!"

자신을 부르는 외침에도 혁무조는 흙먼지가 붙은 옷을 가볍게 툭툭 털었다.

그러고는 이내 힐끔 고개를 옆으로 돌려 혁련휘를 확인했다. 피투성이가 된 채로 서 있는 아들을 바라보는 혁무조의 얼굴에 많은 감정이 스쳐 지나갔다.

안타까움, 그리고 빠르게 생겼다가 이내 사라진 건 분노가 분명했다.

혁무조가 입을 열었다.

"많이 다쳤구나."

"……왜 왔소?"

혁련휘가 물었다.

지금 이곳에 혁무조는 돌아와선 안 됐다. 상황이 어떻게 흐르는지는 모르겠지만 위험하다는 것만큼은 분명하다.

그랬기에 신도율의 손을 피해 혁무조가 사라졌다는 사실에 좋아하지 않았던가.

그런데 그런 위험 속으로 혁무조가 돌아왔다.

죽을지도 모르는 곳, 그랬기에 그가 무사하기를 바랐던 혁련휘다.

혁련휘의 질문에 혁무조가 피식 웃으며 대답했다.

"아들 녀석이 맞고 있는데 아비가 돼서 못 본 척할 수는 없는 노릇 아니더냐."

"이곳은 위험하오."

"알아. 그러니까 더 널 두고 갈 수 없지 않겠느냐."

혁무조의 정이 느껴지는 푸근한 말에 혁련휘는 고개를 저었다.

이 사내의 속내는 대체 뭘까?

어릴 때는 그저 차갑고 엄한 아버지라고만 생각했다. 그리고 얼마 전까지는 자신을 버린, 아버지라 부를 가치도 없는 사내라 여겼다.

이제 그나마 조금 혁무조라는 사람에 대해 알아 가고 있다 여겼는데, 그는 매번 자신의 상상보다 더 큰 무언가를 보여 주었다.

바로 지금처럼.

혁무조가 혁련휘만을 바라보며 자신을 무시하자 신도율의 미간이 씰룩거렸다.

처음부터 신도율은 혁무조를 제거하기 위해 움직였다. 혁련휘가 아닌 그를 먼저 노렸던 건, 그만큼 분노가 컸던 탓이다.

그런 분노의 대상이 눈앞에 있다.

자신을 무시하면서 말이다.

"혁무조!"

버럭 소리를 내지르며 신도율이 거리를 좁히고 들어갔다. 그의 주먹이 혁무조의 얼굴로 향했다.

쒜엑!

날아드는 내공이 실린 일격.

혁련휘가 놀란 듯 눈을 치켜뜨는 순간이었다.

혁련휘를 향해 시선을 주고 있던 혁무조의 손이 움직였다.

파앙!

얼굴로 향했던 신도율의 주먹이 옆으로 빗겨 나가 버렸

다. 그리고 그제야 그를 향해 고개를 돌린 혁무조가 사나운 눈빛으로 말했다.

"순서를 지켜야지. 아들하고 이야기하고 있잖아."

여유 만만한 혁무조의 대꾸에 신도율은 오래전의 기억이 떠올랐다.

그리고 동시에 밀려드는 불쾌감.

세상에 적수가 없다 여기던 자신을 바닥까지 떨어트렸던 자. 그렇지만 이제는 예전의 자신이 아니다.

신도율이 살기 어린 목소리로 입을 열었다.

"혁무조, 예전하고는 다를 것이다. 넌 약해졌고, 난 강해졌거든. 그 여유 언제까지 가는지 보자고."

그런 그의 경고에 혁무조가 조롱하듯 말을 받았다.

"왜? 오늘도 울면서 도망이라도 치려고?"

"……그 입 다물어."

분에 찬 듯 노려보는 신도율과 마주한 채로 혁무조가 말했다.

"각오하라고."

손바닥에 내공을 불어 넣던 혁무조가 픽 웃으며 말을 이었다.

"이번엔 울면서 도망쳐도 안 봐줄 테니까, 애송이."

9장. 함정

— 멍청하긴

혁무조의 말에 신도율의 입이 비틀렸다.

화가 치밀어 올랐지만 지금은 그보다 먼저 해야 할 것들
이 있었다. 그는 곧바로 주변에 있는 수하들을 향해 소리쳤
다.

"위험한 싸움이 될 테니 다들 거리를 벌리고 물러서라!"

신도율의 명령에 주변에 위치하고 있던 수하들이 다급히
멀리까지 거리를 벌렸다. 애초에 혁련휘와 싸울 때부터 어
느 정도 멀리 떨어진 곳에 위치해 있던 수하들이다.

그런 그들을 더 뒤로 물린 이유는…… 정말 그들이 다칠
까 봐 염려돼서가 아니다.

이유는 단 하나, 자신이 패했었다는 수치스러운 비밀이
수하들에게 알려지는 걸 원치 않아서다. 그 사실을 아는 이
들은 지금 이곳에 모두 자리하고 있다.

신도율과 혁무조, 그리고 혁련휘와 소일홍.

더는 그 숫자를 늘리고 싶지 않았다.

수하들을 물린 신도율이 자신의 천인도를 들어 올린 채
로 말했다.

"그럼 시작해 볼까?"

말을 걸어오는 신도율을 바라본 채로 혁무조는 혁련휘에
게 전음을 날렸다.

『쉬고 있어라.』

그 말을 끝으로 혁무조는 혁련휘에게 피해가 가지 않게
하려는 듯이 멀찌감치 거리를 벌렸다. 신도율과 마주한 상
황에서 혁무조는 주변을 휘휘 둘러봤다.

그러고는 이내 죽은 시신 옆에 떨어져 있는 검을 발견하
고는 손잡이 부분을 가볍게 밟았다.

퉁.

튕겨져 오른 검을 잡아챈 혁무조가 가볍게 허공에 몇 번
휘둘러 보고는 고개를 끄덕였다.

"주운 것치고는 쓸 만하네."

말과 함께 혁무조는 검을 수평으로 세운 채로 자세를 잡

앉다.

그저 검을 쥐고 자세를 취한 것뿐이거늘 그에게서는 쉽사리 범접하기 힘든 기운이 풍겨져 나왔다. 그런 혁무조를 마주한 신도율은 코웃음을 쳤다.

'네 몸이 엉망인 것은 이미 알고 있다.'

그 많은 독에 당하고도 이토록 오랜 기간 목숨을 부지한 것만으로도 기적에 가까운 일이다.

지금의 그는 십여 년 전 처음 싸웠을 때보다 약해져 있을 것이다. 그에 비해 신도율은 그때와 비교조차 할 수 없을 정도로 강해져 있었다.

여태까지 살아 있었다는 사실에 신도율은 고마웠다.

직접 복수를 할 기회를 만들어 줬으니까.

신도율이 말했다.

"그 질긴 목숨, 오늘 내가 끊어 주지."

그가 천인도를 움켜쥐었다.

둘 사이에 흐르는 적막, 그리고 그 적막 속에서 서로를 바라보던 두 사람은 누가 먼저라고 할 것도 없이 동시에 움직였다.

파라락!

휘날리는 검이 연달아 신도율을 찌르고 들어갔다.

요하십이검결(曜夏十二劍訣)이라는 검법이 꼬리를 물듯

이 연달아 밀려들었다. 부드러운 미풍처럼, 그렇지만 그 파괴력은 폭풍과도 같았다.

원하는 지점에 닿는 순간 검 끝에서 폭발하듯 강렬한 기운이 밀려 나갔다.

쿠우웅!

마찬가지로 뇌기를 불러 모으고 있던 신도율은 황급히 풍신갑으로 몸을 보호하며 뒷걸음질 치고야 말았다. 그리고 이내 혁무조가 있는 방향으로 시선을 돌렸던 신도율, 허나 이미 그곳에 그는 존재하지 않았다.

'위!'

신도율은 곧바로 천인도를 위로 올려 쳤다.

그의 도에 맺힌 뇌기가 검기처럼 쏘아져 올라갔다. 그리고 예상대로 위쪽에서 떨어져 내리던 혁무조는 그 뇌기를 양손을 교차시킨 상태로 막았다.

콰앙!

폭음, 그렇지만 그 와중에서도 목표물을 정확하게 눈으로 좇으며 떨어져 내린 혁무조의 손이 번뜩였다.

휙휙휙!

뒷걸음질 치던 신도율의 옷깃이 종잇장처럼 찢겨져 나갔다. 동시에 튀어 오른 핏줄기들, 그러나 그 와중에서 신도율 또한 공격을 이어 갔다.

지척에 위치한 그를 향해 불꽃이 휩싸인 일장을 때려 박았다.

쾅!

어깨로 공격을 받아 낸 혁무조는 표정을 찡그리며 곧바로 검을 사선으로 그었다.

눈으로 좇기도 힘들 정도의 빠르기. 그리고 그 검 끝에 서려 있던 날카로운 검기에 신도율의 가슴에서 재차 피가 터져 나왔다.

순식간에 서로의 목숨을 취할 수도 있을 만한 공격을 몇 차례나 주고받은 두 사람은 곧바로 서로를 향해 장법을 휘둘렀다.

퍼엉!

충격을 받은 듯 물러서던 와중에 혁무조가 먼저 참지 못하겠는지 피를 토했다.

"우웩."

한 사발 가까운 피를 바닥에 흩뿌린 혁무조는 이내 손등으로 입가를 닦아 냈다. 그런데 그 피가 얼마나 많았는지 손등을 타고 뚝뚝 떨어져 내릴 정도였다.

피를 토해 내고도 혁무조는 씨익 웃어 보였다.

"생각보다 별거 아닌데?"

"새하얗게 질려서 허세는."

"질린 게 아니라 원래 피부가 좀 곱거든."

농담을 던져 대는 혁무조를 바라보던 신도율이 천인도를 고쳐 잡으며 말했다.

"쓸데없는 말장난으로 시간 끌려는 생각 다 보이거든?"

"……이런, 들켰네?"

들켰다고 말하면서도 혁무조는 여전히 여유가 있어 보였다.

신도율은 혁무조가 이런 농담을 던지는 이유를 알았다. 지금 자신이 말한 대로 시간을 끌기 위해서다. 오랜 시간 독과 싸우며 망가져 버린 신체다.

방금 전에 입은 타격을 조금이라도 더 회복하고 내공을 끌어모으기 위해 시간을 끈다는 걸 단번에 알아차렸다.

자신을 향한 신도율의 시선을 느끼며 혁무조가 슬그머니 고개를 내렸다.

손등을 타고 뚝뚝 떨어져 내리는 피를 바라보며 혁무조가 입을 열었다.

"나도 늙긴 늙었나 봐. 벌써 지친 걸 보니."

신도율과의 싸움이 문제가 아니었다.

외부에 있었던 혁무조는 혁련휘가 있는 이곳까지 오기 위해 무려 삼백여 명에 달하는 무인들을 쓰러트린 상황이다.

상대가 되지 않는 적수들이긴 했지만 그런 그들과 싸우기 위해서도 적잖은 힘을 사용해야만 했다.

  처음 이곳에 등장할 때부터 혁무조의 소매에 묻어 있던 피들은 그가 쓰러트리고 온 이들의 것이었다.

  혁무조는 길게 숨을 내쉬었다.

  과연 얼마나 더 버틸 수 있을까?

  '반 각 정도는 가능하겠지.'

  천하제일의 무인이라 불리던 그에게 주어진 시간은 고작 그뿐이다. 그 안에 혁무조는 혁련휘를 구해 내야만 했다.

  그리고 작전은 이미 실행되고 있었다.

  혁무조가 옆으로 움직이며 신도율의 눈을 어지럽혔다. 그의 몸이 수십 개로 나뉘는 듯한 착각을 불러일으키기 시작했다.

  신도율의 주변에서 원을 그리듯 도는 혁무조의 움직임이 워낙 빠른 탓이다.

  원을 그리며 움직이던 혁무조의 손이 움직였다.

  번쩍.

  새카만 묵빛의 장력이 신도율을 노리고 날아들었다. 그리고 그런 공격을 기다렸다는 듯 천인도로 받아친 신도율이 갑자기 힘을 끌어모으며 한쪽으로 달려들었다.

  "크아압!"

고함 소리와 함께 신도율의 천인도에 달린 뇌기가 혁무조의 환영들을 찢어발겨 버렸다. 빈 허공을 가르기만 하던 신도율, 그런데 그런 그의 손끝에 미묘한 감각이 걸려들었다.

틱.

아주 자그마한 감각이었지만 그거면 충분했다.

점점 내공의 사용이 힘들어지기 시작한 혁무조의 움직임이 느려졌고, 그걸 신도율이 알아챈 것이다.

방향을 급속도로 선회한 신도율이 천인도를 치켜들었다.

"여기구나!"

콰앙!

터져 나가는 땅, 그리고 동시에 그곳에 위치하고 있던 혁무조의 몸 또한 허공으로 치솟아 올랐다. 동시에 베여 버린 그의 팔뚝에서 많은 양의 출혈이 터져 나왔다.

하늘로 솟구쳐 올랐던 혁무조가 피를 흩뿌리며 간신히 바닥에 착지했다.

그 순간 득달같이 달려온 신도율의 무릎이 그의 가슴팍을 찍어 버렸다.

"컥!"

단말마의 비명과 함께 혁무조는 피를 뿜으며 바닥을 나뒹굴었다. 그는 피가 범벅이 된 손으로 바닥을 마구 어루만졌다.

그런 혁무조를 향해 다시금 달려든 신도율이 곧바로 천인도를 바닥으로 꽂아 넣을 때였다. 괴롭다는 듯 엎어져 바닥에 피 칠을 하고 있던 혁무조가 몸을 굴리며 자리에서 튕기듯이 일어나더니 그대로 발로 신도율의 안면을 걷어찼다.

삐엉!

큰 소리와 함께 신도율의 몸이 뒤로 밀려 나갔다.

회전하며 몸을 일으켜 세운 혁무조는 흙이 진뜩 묻은 손을 털어 냈다.

순간적으로 밀려 나간 신도율은 손가락으로 자신의 얼굴을 어루만졌다. 입 안이 터지면서 비릿한 피 맛이 느껴진다.

신도율이 조롱하듯 말했다.

"점점 움직임이 더뎌지는 게 아무래도 최후의 순간이 온 것 같은데."

"뭐, 생각보다 제법이네. 그래도 아직 자신하기는 좀 이르지 않을까? 아직 이 무공을 상대하지도 않았잖아."

밀과 함께 혁무소의 몸 주변으로 검은색의 연기가 피어올랐다. 그리고 그 모습을 보는 순간 신도율의 표정에 희열이 감돌았다.

그래, 바로 이걸 기다렸다.

혁무조 최고의 비기, 흑강자령마공(黑罡雌靈魔功)!

흑색의 연기들이 서서히 강기로 변해 가기 시작하는 걸 보며 신도율은 소름이 오싹오싹 돋는 걸 느낄 수 있었다. 십여 년 전에도 신도율은 이 무공에 패했다.

이 지독할 정도로 퍼붓는 검은 강기의 소나기는 그 날 이후 꿈에 나와 신도율을 괴롭힐 정도로 그에겐 큰 공포로 남아 있었다.

강기는 어마어마한 내력을 잡아먹는 상승 무공.

더군다나 흑강자령마공은 그런 강기를 소나기처럼 쏟아대는 무공이다. 당연히 내공의 소모는 보통의 강기에 비할 바가 아니었다.

경공을 쓰는 속도도 점점 느려지던 혁무조가 펼치기엔 무리가 따르는 게 당연하다.

몸 주변의 검은 기운들이 하나씩 강기로 변해 갈수록 혁무조의 표정 또한 변해 갔다.

점점 짙어져 가는 고통스러운 표정. 그리고 꽉 다문 입술 사이로 연신 피가 주르륵 흘러내린다. 그럼에도 불구하고 혁무조는 이번 공격을 전혀 멈출 생각이 없어 보였다.

흡사 자신의 목숨을 담보로 무공을 펼치려는 듯한 혁무조의 모습을 보며 신도율은 감탄한 듯 고개를 끄덕였다.

'그래, 이래야지. 이래야 혁무조지!'

혁무조를 보며 신도율이 마찬가지로 뇌신의 기운을 극으로 끌어올리고 있을 그때.

그 두 사람의 싸움을 파멸혼에 의지한 채로 간신히 지켜만 봐야 했던 혁련휘가 힘겹게 걸음을 옮기기 시작했다.

싸움의 승패가 너무도 명확히 보인 탓이다.

'……도와야 한다.'

혁무조의 검은 강기가 신도율에게 큰 부상을 입힐 가능성은 배제할 수 없다. 그렇지만 그 대가로 혁무조는? 침상에 누워만 있을 때도 잦은 독기의 발작으로 간신히 목숨을 연명해 왔던 그다.

그런 그가 지금 모든 내공을 쥐어짜며 일격을 펼치려 하고 있다. 이미 눌러 뒀던 독기가 온몸으로 퍼졌을 것이고, 이런 상황에서 신도율에게 치명상을 입힌다고 해도 혁무조는 죽는다.

간신히 걸음을 옮기며 다가오는 혁련휘에게 혁무조의 전음이 날아들었다.

『기다리거라!』

혁무조는 혁련휘가 이 싸움을 두고 보지 않을 것이라는 걸 알고 있었다. 그랬기에 그가 이 싸움에 끼어들지 못하게 전음을 날린 것이다.

혁련휘가 힘겹게 고개를 저을 때였다.

『너를 버린 아비의 이런 말이 어찌 들릴지 모르겠지만…… 이번만큼은 나를 믿어 다오.』

믿어 달라는 그 한마디에 혁련휘는 힘겹게 움직이던 발걸음을 멈춰야만 했다. 사실 지금 자신이 할 수 있는 게 아무것도 없음을 혁련휘 또한 잘 알고 있었다.

지금의 그는 정신을 붙잡고 있는 것만으로도 기적이라 부를 만큼 큰 부상을 입고 있는 상황이었으니까.

혁련휘의 움직임이 멈춘 걸 느낀 혁무조는 다시금 내공을 끌어모았다.

전신으로 밀려드는 압박감에 온몸의 뼈가 비틀릴 것만 같았다. 그렇지만 혁무조는 정신을 바짝 차렸다. 혁련휘의 예상대로 몸 안에 억지로 눌러 뒀던 독 기운이 이미 날뛰기 시작한 지 오래다.

그리고 그 기운이 이제 심장으로 다가가고 있었다.

혁무조의 등 뒤로, 그리고 위편으로 수백여 개에 달하는 검은색의 강기들이 줄지어 자리했다.

모든 내력을 쥐어짜서 만든 흑강자령마공의 강기들이다.

허공을 맴돌고 있던 검은 강기들이 목표하고 있는 신도율을 향해 서서히 움직이기 시작했다.

혁무조는 모든 내공이 빠져나가는 걸 느끼며 피로 범벅

이 된 이를 드러낸 채 환하게 웃었다.

'이것이…… 내가 너에게 주는 마지막 선물이겠구나.'

그가 피를 토하며 버럭 소리쳤다.

"흑강자령마공!"

새카만 강기들이 밤하늘을 가르며 떨어져 내리는 별똥별처럼 하나의 목적지를 향해 쏟아져 나갔다.

쿠콰콰콰캉!

무지막지한 힘이 연달아 몰아치며 주변으로 미칠 듯한 충격파가 흘러 나갔다. 그리고 그 목적지에 위치하고 있던 신도율은 기다렸다는 듯 내공을 쥐어짠 채로 뇌신참을 펼쳤다.

새하얀 기운이 검은 강기들과 충돌했다.

세상 모든 걸 집어삼킬 것만 같았던 검은 강기들. 그렇지만…… 그것들은 새하얀 빛으로 감싸인 뇌신의 힘에 결국 무(無)로 돌아가고야 말았다.

흑강자령마공으로 인해 주변의 많은 것들이 부서지긴 했지만 막상 목표했던 신도율만큼은 너무도 멀쩡했다.

큰 내공의 격돌로 신도율의 입가에서도 피가 주르륵 흘러내렸다.

허나 그뿐이다.

목숨을 건 혁무조의 일격은 그저 신도율에게 이 정도의

타격밖에 주지 못한 것이다.

잠시 멍하니 서 있던 신도율이 이내 고개를 치켜들었다.

"으하하핫!"

신도율의 웃음소리가 천지에 진동했다.

실로 즐겁지 않을 수 없었다.

그토록 두려웠던 무공이다. 그 무공을 본인의 손으로 직접 깼고, 또 자신의 유일한 치부였던 그 날의 패배를 갚아줄 순간이 왔다는 것에 대한 즐거움 때문이었다.

바로 그때 모든 내공을 쥐어짜면서 결국 독기가 전신에 퍼진 혁무조가 성큼 신도율을 향해 다가왔다.

비틀거리면서 다가오는 그를 신도율이 비웃으며 바라볼 때였다. 혁무조가 갑자기 속도를 높이더니 신도율을 향해 달려들었다.

갑작스러운 그의 행동에 신도율은 황급히 천인도를 내밀었다. 당연히 피할 거라 생각했던 공격, 그렇지만 그런 신도율의 생각은 틀렸다.

혁무조는 기다렸다는 듯 천인도에 자신의 몸을 들이밀며 그대로 신도율과의 거리를 좁혔다.

푸욱.

천인도가 혁무조의 배를 관통했고, 그 모습에 혁련휘가 놀란 듯 눈을 크게 치켜떴다. 그리고 놀란 건 혁련휘 뿐만이 아니었다.

막상 혁무조를 찌른 신도율조차도 이 상황이 이해가 안 갔는지 표정을 굳혔다.

피하지 못할 공격이 아니었다.

아니, 오히려 마치 죽겠다는 듯 품 안으로 안겨 왔다.

대체 왜……?

그리고 그 순간 혁무조의 피에 젖은 손이 신도율의 가슴에 닿았다. 차라리 죽이기 위한 공격이었다면 모를까 그것은 힘없는 마지막 움직임과도 같았다.

가슴에 새겨진 선명한 핏빛 손자국.

그걸 내려다보던 신도율은 이해할 수 없다는 듯 물었다.

"뭐하는 짓이야?"

"멍청하긴…… 이 몸 상태로 네놈을 이길 거라고는 처음부터 생각하지 않았다."

"……뭐?"

그게 무슨 소리냐는 듯 되묻는 신도율을 바라보며 혁무조는 히죽 웃었다. 뚫려 버린 배에서 연신 피가 흘러넘친다.

치사량에 가까운 피가 쏟아져 나왔다.

그 상태에서도 혁무조는 목소리에 힘을 주어 말했다.

"널 죽이는 건 아쉽게도 내 몫이 아니거든."

혁무조의 시선이 뒤편에 있는 혁련휘에게로 향했다.

신도율, 이자를 죽이게 될 건 자신이 아닌 저 녀석이었다.

이제는 한정적으로밖에 힘을 쓰지 못하게 된 자신이 아닌 새로이 마교를 이끌어 나갈, 이 강호의 미래가 될 저 아이의 몫인 것이다.

그리고 그럴 기회를 만들어 주는 것.

그것이 이제는 신도율을 이길 힘이 남아 있지 않은 지금의 혁무조가 할 수 있는 최선이었다.

처음부터 목적은 하나였다.

혁련휘를 살리는 것, 그것이 혁무조 본인이 죽을 걸 알면서도 이곳으로 돌아온 이유였다.

처음부터 목숨을 걸고 싸웠다면 신도율의 팔 하나 이상은 가지고 갈 자신이 있었다. 그렇지만 그렇다고 해서 뭐가 바뀔까?

결국 혁련휘는 죽을 것이고 마교는 이자의 손에 들어간다.

혁무조가 원하는 건 그게 아니었다.

신도율의 천인도에 스스로의 몸을 들이밀었던 혁무조가 자신의 몸을 뒤로 빼며 바닥으로 쓰러졌다. 바닥에 엎어진 그가 바닥의 한 지점에 자그마한 돌멩이 하나를 올려놓고는 나지막이 입을 열었다.

"개진."

말과 함께 돌멩이에서 손을 떼는 그 순간 그곳을 기점으로 빛이 흘러나오기 시작했다. 그리고 그 빛이 쏟아져 나오는 건 비단 이곳뿐만이 아니었다.

싸우는 내내 혁무조가 피를 쏟아 냈던 곳곳에서 동조하듯 미약한 빛이 흘러나오기 시작했다.

혁무조가 목숨을 걸고 만들어 낸 피로 만든 진.

혈진(血陣)이다.

그리고 이 혈진은 임기응변으로 펼친 게 아니었다. 아주 오래전부터 이 날을 위해 준비해 온 혁무조의 마지막 패였다.

아무리 뛰어난 진법이라 해도 신도율 정도의 고수를 죽이는 건 불가능했다. 그랬기에 혁무조는 시간을 끌 수 있는 진법을 연구했고, 마침내 그걸 완성시켰던 것이다.

물론 그 또한 신도율이라면 그리 오랜 시간이 걸리지 않고 뚫고 나오겠지만 말이다.

허나 그거면 충분했다.

새하얀 빛이 신도율을 집어삼키기 시작했다.

그리고 점점 사라져 가던 신도율이 뒤늦게 상황을 알아차렸는지 분에 찬 듯 소리를 내질렀다.

"혁무조! 이이!"

사라져 가는 신도율을 향해 혁무조가 바닥에 누운 채로 잘 가라는 듯 손을 휘휘 저으며 말했다.

"애송아, 아무래도…… 또 내가 이긴 것 같은데?"

10장. 전설, 잠들다

— 아, 재미있었다

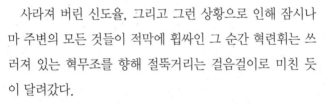

　사라져 버린 신도율, 그리고 그런 상황으로 인해 잠시나
마 주변의 모든 것들이 적막에 휩싸인 그 순간 혁련휘는 쓰
러져 있는 혁무조를 향해 절뚝거리는 걸음걸이로 미친 듯
이 달려갔다.

　당장에 쓰러져도 이상할 것 없는 불안정한 걸음걸이였지
만 혁련휘는 멈추지 않았다. 그만큼 다급했으니까.

　쓰러져 있는 혁무조의 옆까지 순식간에 달려온 혁련휘가
바닥에 털썩 주저앉아 양팔로 그를 황급히 일으켜 세웠다.

　양팔로 상체만 일으켜 세운 그 상태에서 시선을 마주하
는 순간 혁무조가 씩 웃어 보였다. 그런 혁무조를 바라보는 혁련휘의 표정은 딱딱하게 굳어 있었다.

피투성이의 얼굴, 그리고 온몸 곳곳에 나 있는 부상들이 지금 이 상황이 어떠한지 말해 주는 듯했다.

헐떡이며 간신히 붙들고 있는 이 숨.

이 숨을 쉰다는 것 자체가 지금 혁무조에겐 고역이리라.

괴로운 듯 이빨을 꽉 깨문 채로 부들부들 떨고 있는 혁련휘를 바라보던 혁무조가 웃는 얼굴로 입을 열었다.

"초상집이라도 왔느냐? 표정이 왜 그래?"

"……지금 그런 말이 나오시오?"

"지금이 뭐 어떤데? 이렇게 멋있게 커 버린 아들에게 기대어 있게 돼서 오히려 난 기분이 좋은데?"

혁련휘의 팔에 머리를 기댄 채로 누워 있던 혁무조는 아무렇지 않다는 듯 웃었다.

그렇지만 그의 열린 입으로 재차 검붉은 피가 주르륵 흘러넘쳤다. 그런 혁무조의 모습에 혁련휘가 황급히 말했다.

"아무 말도 마시오! 당장 이곳을 빠져나가면……."

"아들아."

자신을 부르는 나른한 목소리에 혁련휘가 일으켜 세우려는 자세를 멈췄을 때였다. 팔로 자신을 감싸고 있는 혁련휘의 어깨를 혁무조가 천천히 어루만지며 입을 열었다.

"너도 알지 않느냐. 이미…… 나의 시간이 다 되었음

을.”

“헛소리! 내가 그리 두지 않을 것이오. 그러니 그런 말도 안 되는 소리를 할 거면 당장에 입 닫으시오!”

대답하는 혁련휘의 목소리는 무척이나 흥분한 듯 보였다. 그런 그와 대조적으로 피를 계속 쏟아 내면서도 여유 있는 표정의 혁무조가 말을 받았다.

“미안하지만 그리는 못 하겠구나. 내게 남은 이 시간은 너와 하지 못했던 이야기들을 나누기에 너무도 짧으니까.”

하고 싶은 말이 많았다.

그렇지만 혁무조는 알고 있었다. 자신에게 주어진 시간이 얼마 남지 않았음을.

엄청난 양의 피를 흘렸고, 속은 이미 독으로 진탕이 되어 버렸다. 십 년 이상을 눌러 왔던 수많은 독기들이 기다렸다는 듯 이미 온몸을 잠식해 버렸으니까.

혁무조가 소리쳤다.

“마교의 교주를 지켜라!”

그 외마디 고함 소리가 터져 나오는 순간이었다.

한쪽에서 갑자기 수십 명의 병력들이 뛰어나와 혁련휘와 혁무조의 앞을 가로막았다. 그리고 그 안에는 환야와 달치도 자리하고 있었다.

모습을 드러낸 둘 또한 적잖은 부상을 입은 상태였다.

그나마 달치는 조금 낫긴 했지만 환야는 한쪽 팔이 심하게 다쳤는지 피투성이였고, 목 부분에도 제법 깊은 상처가 보였다. 그리고 얼굴을 뒤덮고 있는 붉은 핏자국까지.

전신에 있는 여러 개의 상처는 벽력탄과 협공으로 인해 생긴 부상이었다.

둘을 발견한 혁련휘가 나지막이 중얼거렸다.

"너희들⋯⋯."

"대장! 괜찮으십니까?"

목숨을 부지한 혁련휘의 모습에 안심이라도 되었는지 버럭 소리치던 환야의 시선이 이내 그의 품에 안겨 있는 혁무조에게로 향했다.

사실 환야나 달치를 비롯한 지금 이곳에 나타난 서른 명정도의 병력은 혁무조와 함께 이곳에 도착했었다. 길을 뚫고 오던 혁무조가 환야와 달치를 비롯해 남은 마교의 병력들을 규합하며 이곳까지 왔었던 것이다.

그리고 이내 이곳에 있는 신도율을 발견하는 순간 혁무조는 이들에게 숨어서 대기하라는 명령을 내렸다.

혁무조는 그때부터 이미 지금의 이 상황을 머리에 그렸기 때문이다.

신도율을 진법 안에 가둔다고 해도 남아 있는 수천 명의 무인들이 곧 정신을 차리고 자신들에게 올 거라는 걸 염두에 둔 것이다.

혁련휘가 도망치기 위한 시간을 벌기 위해 이들을 멀리에 잠복시켜 뒀던 혁무조의 안배였다.

이들을 데리고 순간적으로 신도율을 덮치지 않은 건 이곳을 에워싸고 있는 압도적인 병력 탓이다. 혁련휘가 그들에게 공격당하지 않은 건 신도율이라는 존재와 둘이 일대일 대결을 하며 다른 자들에게 개입하지 못하게 했기 때문이다.

그런 상황에 수십 명의 무인들이 개입한다면 아마 그들 또한 싸움에 끼어들게 될 것이고, 그건 혁무조가 바라는 바가 아니었다.

문제는 저 병력이 아닌 신도율이라는 사내 하나였으니까. 그를 자신의 계획대로 진법 안에 가두지 못한다면 숨겨둔 서른 명 정도의 병력들도 무용지물이다.

그랬기에 목숨을 걸고 신도율을 진법 안에 가두고서야 혁무조는 그들을 불러 모은 것이다.

그리고 그 생존자 중에는 마혈적가의 가주 적인호도 자리하고 있었다.

그는 새하얀 안색의 혁무조의 얼굴을 보고는 입술을 꽉 깨물었다. 혁무조를 진심으로 존경해 왔던 적인호였기에 머리끝까지 분노가 치밀었다.

검을 든 그가 살기를 토해 냈다.

"더러운 새끼들⋯⋯."

다가오는 무인들을 노려보던 적인호가 수하들을 향해 버럭 소리쳤다.

"막아!"

그 외침과 함께 서른 명 정도의 무인들은 포위하며 다가오는 적들을 향해 달려 나갔다.

탕탕!

사방에서 병장기들이 충돌하는 소리와 함께 피비린내 가득한 싸움이 벌어지기 시작했다.

허나 시끄러운 충돌음조차도 혁무조의 귓가에는 꿈을 꾸는 것처럼 몽롱하게 들려오고 있었다. 그리고 그건 그만큼 혁무조의 상태가 점점 최악으로 향하고 있음을 말해 주고 있는 것이었다.

입조차 벌리기 힘든 상황에서도 혁무조는 혁련휘를 향해 입을 열었다.

"⋯⋯이곳은 이들에게 맡기고 어서 가거라."

"당신과 나를 위해 싸우는 저들을 버리고 가라는 소리요?"

그의 말에 혁련휘는 말도 안 된다는 듯 고개를 저었다. 그런 혁련휘를 향해 여전히 미소를 머금은 혁무조가 손을 뻗어 그의 등을 어루만졌다.

떨려 오는 혁무조의 부드러운 손길에 혁련휘가 더욱 눈을 크게 치켜뜨고 바라볼 때였다. 혁련휘를 향한 그의 목소리가 흘러나왔다.

"내가 번 시간은 기껏해야 한나절이다. 그 안에 이곳을 빠져나가야 한다. 미안하지만…… 내겐 더는 널 지켜 줄 힘이 남지 않은 것 같구나."

"미안하긴 대체 뭐가 그리 미안하오! 그런 말을 할 거면…… 죽지 말고 살면 될 것 아니오."

말을 내뱉는 혁련휘는 자신의 입술에서 피가 배어 나올 정도로 깅하게 깨물었다.

알고 있다.

지금 이런 자신의 외침이 덧없다는 사실 정도는.

그렇지만 투정을 부리고 싶었다.

단 한 번도 부려 본 적 없는 투정을 지금이라도 부리고 싶었던 것이다. 살라고, 제발 여기서 죽지 말아 달라고.

그런 혁련휘의 외침에 혁무조는 말없이 그의 등을 토닥였다. 마치 계속해 보라는 듯이, 이제 마음 한편에 남아 있던 그 울분을 모두 쏟아 내기라도 하라는 것처럼 말이다.

그런 혁무조의 다정한 손길에 혁련휘는 고개를 푹 수그리고야 말았다.

꽉 쥐어진 주먹과 함께 몸이 떨려 온다.

웃으면서 자신을 바라보는 혁무조를 보고 있자니 눈물이 터져 나올 것만 같다.

혁련휘가 그 상태로 입을 열었다.

"왜 말하지 않았소?"

"……무엇을 말이냐."

물어 오는 혁련휘의 질문에 혁무조가 쉰 듯한 목소리로 말을 받았다. 그런 그를 향해 혁련휘가 말을 이어 나갔다.

"이 모든 것들에 대해서. 내가 모든 걸 알았다면 당신을 원망하지도 않았을 테고 또……."

"내가 바란 건 그런 게 아니었으니까."

혁련휘의 말을 자른 혁무조의 목소리에는 많은 회한이 담겨 있었다. 사실 혁련휘를 그렇게 손에서 놓고 많은 후회를 하기도 했다.

소중한 아들을 죽음의 땅으로 내몬 꼴이었으니까.

그렇지만 해야만 하는 일이었다.

적어도 혁무조는 그리 생각했었다.

혁무조가 힘겹게 말을 이었다.

"네가 쉬운 길로 갈 수 있도록 널 도왔다면…… 지금의 네가 이 자리에 있을 수 있었을까? 먼저 간 원이처럼 독살을 당했을 수도 있을 테고, 적어도 지금처럼 강하게 자라지

262 마왕

는 못했겠지."

"날 자하도로 보낸 게 그 때문이오? 날 지키려고? 또 날 강하게 만들려고?"

"……그래. 자하도로 보낸 것도, 마교로 돌아온 이후 수 많은 것들을 네가 직접 느끼며 누구의 의지도 아닌 본인의 의지로 이 마교의 주인이 되기를 선택하게끔 한 것도. 그 모든 건 다 스스로 걷는 방법을 배우게 하기 위함이었다."

긴말을 내뱉은 혁무조는 잠시 숨을 몰아쉬었다.

가슴으로 치밀어 오르는 고통에 입 안에서 연신 피가 울 컥거리며 쏟아져 나왔다. 그렇지만 혁무조는 말을 멈추지 않았다.

"만약 지금의 세상이 평화로운 시대였다면…… 난 널 내 품에 안고 키웠을 게다. 그렇지만 아니었단다. 무림이 뒤 집혀질 걸 알았기에 난 네가 보다 강한 사내로 크기를 바랐 단다. 그래야…… 네가 살 수 있을 테니까. 이 마교를 네가 지킬 수 있을 테니까."

말을 내뱉는 혁무조의 눈동자가 서서히 흐릿하게 변하기 시작했다.

축 처진 채로 혁련휘에게 안겨 있던 혁무조가 슬며시 고 개를 치켜들며 버럭 소리쳤다.

"들리느냐! 신도율!"

죽어 가는 혁무조였지만 그의 외침은 산천초목(山川草木)을 덜덜 떨게 만들 정도의 힘이 담겨 있었다. 주변에서 싸우던 이들까지 놀라 멈칫하게 만들 정도로.

혁무조는 고개를 치켜든 채로 진법 안에 갇혀 있을 신도율을 향해 재차 외쳤다.

"내가 죽었다고 안심하지 말거라! 이제…… 이 녀석이 네놈의 숨통을 끊어 줄 테니까!"

모든 힘을 다해 소리를 내지른 혁무조가 천천히 고개를 돌려 혁련휘를 바라보며 빙그레 웃으며 입을 열었다.

"할 수…… 있겠지?"

혁무조의 물음에 혁련휘는 그저 고개만 계속해서 끄덕였다. 아무런 대답도 할 수가 없었다. 입을 열면 당장이라도 눈물이 터져 나올 것만 같아서.

그토록 원망했던 사내다.

자신을 버렸다고 어릴 때부터 증오했다.

마교로 돌아와서도 따뜻한 대화 한 번을 나누지 않았다. 오히려 그에게 말해 왔었다. 자식을 버린 아버지라고.

그런 말을 들으면서 혁무조는 과연 얼마나 마음이 아팠을까? 그렇지만 표현할 수 없는 그 모든 순간들이 얼마나 괴로웠을까.

대답조차 못 하고 눈물을 삼키는 혁련휘를 지그시 바라

보던 혁무조는 천천히 과거의 일들이 생각나는지 흐뭇한 표정을 지어 보였다.

그가 말했다.

"네가 태어난 그 날이 아직도 생각나는구나. 조그맣던 아이가 내 품 안에 안겨 꼼지락거리던 그 날이. 그리고 그 날이 나에겐 천하를 가졌을 때보다 더욱 행복한 순간이었다. 넌 나에게 그런 존재였다."

천하의 주인, 그렇지만 혁무조는 그런 것보다 한 아이의 아비로 살아가고 싶었다.

이야기가 길어질수록 혁련휘는 고개를 숙였다.

살짝만 건드려도 눈물이 터져 나올 것처럼 마음이 아팠다. 심장이 터질 것만 같이 답답했고, 온몸에는 열기가 치솟았다.

결국 참지 못한 혁련휘의 눈에서 눈물이 뚝뚝 떨어져 내리기 시작했다.

고개를 푹 수그린 채로 하염없이 떨어져 내리는 혁련휘의 눈물이 쓰러져 있는 혁무조의 옷을 적셨다.

혁무조가 그런 그를 향해 말을 걸었다.

"사람은 누구나 죽어. 내가 어떻게 살았는지, 또 어떻게 죽는지가 중요한 거지. 그러니까 슬퍼하지 말거라. 난 멋있게 살았고, 또 누구보다 멋있게 죽는 거니까. 그런 내 죽음에 눈물을 흘린다는 건…… 나에 대한 모독이다. 그러니 울지 말거라."

혁무조의 말에 혁련휘는 끅끅거리면서 애써 숨을 가다듬고 있을 때였다.

그런 혁련휘의 얼굴을 향해 혁무조가 손을 뻗었다.

그의 피범벅이 된 손이 눈물로 엉망이 된 혁련휘의 얼굴을 어루만졌다. 고개를 들어 올린 혁련휘와 시선을 마주한 채로 혁무조가 말을 이었다.

"미안하구나. 지켜야 할 게 너무나 많았기에 네게 이 말한 번 해 주지 못했구나."

고통스러운 듯 잠시 표정을 구겼던 혁무조가 이내 환하게 웃으며 말했다.

"……사랑한다, 내 아들."

사랑한다는 그 한마디에 혁련휘는 혁무조를 감싸 안고 있던 손에 더욱 힘을 불어 넣었다.

폭발해 나가는 감정, 그 안에서 혁련휘가 눈물을 흘리며 간절히 말했다.

"제발 죽지 마시오. 아버지, 제발……."

"그 소리 참으로 듣기 좋구나. 아버지라…… 하하!"

십수 년 만에 불려 보는 그 호칭에 혁무조는 더욱 환한 미소로 화답했다.

후회 없는 삶이다. 마지막 짐을 아들인 혁련휘에게 지게 하는 것이 유일하게 마음이 걸리긴 했지만…… 그를 믿는 다.

자신의 아들이니까.

천하의 주인으로 살았고, 서로를 위해 목숨 걸고 함께했 던 수많은 동료들도 있었다.

그리고 마지막으로 자신의 뒤를 이어 줄 훌륭한 아들도 있다.

그랬기에 후회는 없다.

지금까지 살아온 긴 인생에 슬픔과 괴로움도 있었지만 반면 무척이나 즐거웠고 행복하기도 했다.

후회 없는 인생, 그 인생에 서서히 마침표를 찍어야 할 때가 온 모양이다.

혁무조가 천천히 눈을 감으며 나지막이 중얼거렸다.

"아, 재미있었다."

그 말을 끝으로 혁련휘의 얼굴을 어루만지던 혁무조의 손이 천천히 떨어져 내렸다.

툭.

바닥으로 떨어져 내린 혁무조의 손, 그리고 미동도 하지 않는 감겨진 눈까지. 그걸 바라보고 있던 혁련휘가 고개를 치켜들었다.

아래에서부터 끓어오른 분노가 폭발하듯 터져 나갔다.

"으아아!"

그의 쩌렁쩌렁한 고함 소리가 주변을 뒤흔들었다.

새빨갛게 충혈된 눈으로 혁련휘는 혁무조를 바닥에 눕히고는 옆에 박아 두었던 파멸혼을 번개처럼 뽑아 들었다.

당장이라도 이곳에 있는 모두를 도륙이라도 내지 않고서는 이 화가 진정되지 않을 것만 같았다.

그런 그를 막은 건 환야였다.

"대장! 정신 차리십시오!"

"놔!"

환야를 거칠게 밀친 혁련휘는 제대로 걷지도 못하는 몸을 이끌고 전장으로 뛰어들려 했다. 그런 그를 향해 환야가 소리쳤다.

"아버님의 유지를 잊으셨습니까! 저분은 대장이 살기를 바라셨습니다. 그런 지금 이곳에서 싸우다가 죽으시겠다고요? 그럼 아버님께서는 왜 죽으신 겁니까? 지금 대장의 행동은 그분의 죽음을 헛되이 하는 겁니다."

"……그럼 이대로 나보고 가라고?"

어찌 그리한단 말인가.

죽어 버린 아버지를 등 뒤에 두고 그냥 도망치고 싶지는 않았다.

그런 혁련휘를 향해 환야가 고개를 끄덕였다.

"예, 그러셔야 합니다."

"……."

"그것이 아버님의 뜻입니다. 마교의 교주이신 대장이 살아서 후일을 도모하는 것, 그걸 위해 저분은 스스로의 목숨을 거셨습니다. 대장도 아시지 않습니까?"

이미 환야는 혁무조가 신도율을 진법 안에 가둘 거라는 사실을 오면서 전해 들었다.

비밀리에 전음을 보낸 혁무조는 뒷일을 환야에게 부탁했다.

빠져나오는 것조차 쉽지 않은 진법.

그렇지만 신도율이라면 한나절 안에 그 안에서 모습을 드러낼 거라고. 그러니 서둘러 혁련휘를 데리고 이곳에서 빠져나가라 명을 받았다.

가장 좋은 선택지는 마교로의 귀환이다.

그렇지만 만약에 마교로 가는 길목이 막혔다면…… 그리고 신도율에게 뒤를 잡힐 것 같다면 그때는 혁무조가 뚫고 온 동쪽 길로 빠져나가라는 이야기까지 전해 들은 상황이었다.

그 모든 사실을 전해 들은 환야였기에 그는 조급했다. 피투성이에 거동조차 쉽지 않은 건 환야도 마찬가지였지만 지금은 이곳에서 시간을 끌고 있을 여유가 없었다.

혁무조가 목숨을 버리면서까지 만들어 준 이 시간.

이 시간은 그만한 값어치가 있다.

적들과 싸우고 있던 적인호는 상황이 어찌 흘러가는지를
눈치챘는지 다급히 뒤편으로 다가와 말했다.

"전 교주님의 시신은 저희가 수습하겠습니다. 저희의 최
우선 순위는 교주님의 안위를 지키는 것입니다. 이곳은 저
희가 막고 있을 테니 어서 빠져나셔야 합니다. 교주님이 가
셔야 저희도 도망칠 수 있습니다. 어서 도망치셔야 합니다,
교주!"

말을 마친 적인호가 쉴 틈도 없이 검을 뒤쪽으로 휘둘렀
다.

그의 검이 빈틈을 파고들던 적의 몸을 반으로 갈라 버렸
다. 혁련휘를 향해 포권을 취하며 짧게 고개를 숙인 적인호
는 곧바로 적들을 향해 달려들었다.

멀어지는 그에게 잠시 시선을 주는 혁련휘를 향해 환야
가 말했다.

"가야 합니다, 대장."

"……."

"대장!"

재촉하듯 소리치는 환야의 목소리, 그걸 들은 혁련휘가

눈을 감았다.

물러서고 싶지 않았다.

이곳에서 죽은 혁무조의 시신을 두고 돌아서고 싶지도 않았다.

그렇지만 안다.

지금은 환야의 말이 정답이라는 것을. 그리고 그게 혁무조가 바라던 것이라는 것도. 그는 말했었다. 마교의 교주는 쉽사리 죽어서도, 패해서도 안 된다고.

수십만 명의 목숨을 짊어진 책임을 다해야 하는 지리라고 말이다.

혁무조의 그 말이 머리를 가득 채운 지금 혁련휘는 결국 결정을 내릴 수밖에 없었다.

'당신의 뜻대로 하겠습니다…… 아버지.'

그걸 위해 죽은 혁무조를 위해서라도 이곳에서 목숨을 버릴 순 없었다.

혁련휘가 힘겹게 입을 열었다.

"환야, 달치."

자신들을 부르는 소리에 그 둘이 혁련휘를 바라볼 때였다.

그가 고개를 끄덕이며 말을 이었다.

"……가자."

혁련휘의 대답에 달치가 몸을 구부려 혁련휘의 앞에 자리했다. 그가 짧게 말했다.

"주인 업혀라. 달치가 주인 업는다."

"그래, 부탁하지."

지금의 혁련휘는 걷는 것조차 쉽지 않은 상황.

그리고 환야도 제법 큰 부상을 입고 있다. 힘도 가장 좋고 그나마 가장 멀쩡한 달치가 혁련휘를 업고 달리기로 정한 것이다.

달치는 혁련휘가 자신의 어깨에 업히자 자리에서 일어나며 말했다.

"달치 달린다. 주인 꽉 잡고 있어야 한다."

"……응."

말을 마친 혁련휘의 시선이 바닥에 쓰러져 있는 혁무조에게로 향했다. 죽고서도 뭐가 그리도 좋은지 입가에 미소를 머금고 있는 혁무조의 시신을 바라보던 혁련휘가 고개를 푹 숙였다.

그가 달치의 등에 얼굴을 파묻었다.

눈물이 쏟아져 나왔다.

울고 있는 얼굴을 감춘 혁련휘를 업은 채로 달치가 달려가기 시작했다.

멀어져 가는 혁련휘, 그리고 그런 그쪽을 향해 혁무조는 여전히 눈을 감은 채로 따뜻한 미소를 보낼 뿐이었다.

전설은…… 그렇게 잠들었다.

*　　　*　　　*

도망치는 환야의 머리는 복잡했다.

혁무조의 조언대로 처음엔 마교 쪽으로 빠질까도 생각해 봤지만 지금 자신이나 혁련휘의 몸 상태로 봐서는 교로 먼저 돌아갈 수 있다 장담할 수가 없다.

더군다나 길목은 이미 신도율의 수하들이 장악하고 있을 터, 지금 상황에서 그들을 모두 돌파한다는 건 불가능했다.

자연스레 두 번째 선택지였던 혁무조가 뚫고 나왔던 동쪽 길을 통해 빠져나가는 것이 지금은 최선이다. 그렇지만 문제는 이 길을 통해 마교로 돌아가려면 꽤나 긴 시간이 걸린다는 거다.

그리고 결국 신도율의 패거리들이 장악했을 것으로 추정되는 지역들을 돌파해야 하는 건 변하지 않는다.

혁무조가 죽은 지금 그들에게 걸림돌은 혁련휘뿐이다. 당연히 목숨 걸고 자신들을 잡으려 할 것이 분명했다.

'마교로 돌아가는 건 불가능해.'

지금은 마교로 갈 수 없다. 오히려 길목이 막혀 있는 상황, 마교로 가다가 봉변을 당할 수도 있고 그들보다 빠르게 도착하는 것도 불가능하다.

그런 지금 환야가 할 수 있는 가장 좋은 선택지는…….

부의민이 있는 변방이었다.

실질적으로 마교 본성에 집결해 있는 것보다 훨씬 많은 숫자의 무인들이 새외 세력과의 싸움을 위해 변방에 자리하고 있다. 그곳으로 갈 수만 있다면 자신들의 안위를 지키는 것에는 문제가 없다.

다만 문제는 이곳에서부터 변방까지의 거리가 결코 가깝지 않다는 거다.

마교까지 가는 것보다 몇 곱절은 더 걸릴 거리.

그리고 이 길 또한 무조건적으로 안전하다 보장할 수 없다. 지금 이렇게 부상을 입은 상태로 도망치는 자신들과 뒤를 쫓을 신도율의 수하들의 상황이 너무도 달랐으니까.

그렇지만 이건 어디로 도망친다 해도 마찬가지다.

그들은 계속해서 집요하게 자신들을 찾아 움직일 게 자명하다. 그 어디도 안전하지 않은 지금, 부의민의 변방 병력과 어떻게든 빠르게 합류해야만 한다.

마침 혁무조가 뚫어 둔 동쪽의 길은 새외와 대치하고 있는 변방으로 향하는 방향이다.

생각을 정리한 환야는 쉼 없이 움직였다.

제법 심각한 내상을 입은 탓에 기혈이 들끓었지만 환야는 어떻게든 그런 속내를 진정시켰다. 지금 일각이라도 허투루 보냈다가는 되돌릴 수 없는 최악의 상황이 올 수도 있는 탓이다.

환야는 자신의 몸도 추스르기 어려운 상황이었지만 달치의 등 뒤에 업힌 채 기절해 있는 혁련휘를 연신 확인했다.

새하얗게 질린 얼굴의 혁련휘는 죽은 듯이 달치에게 업혀 있었다.

너무도 치명적인 부상을 입은 탓에 혁련휘는 정신 줄조차 잡고 있기 어려운 상황이다. 이런 최악의 몸 상태인데도 불구하고 치료는커녕 그 먼 변방까지 달려야 한다는 사실을 잘 알기에 환야의 얼굴엔 걱정이 서렸다.

'버티셔야 합니다, 대장.'

혁련휘 일행이 동쪽에 난 길을 통해 도망치기 시작한 지 어느덧 반나절이 넘는 시간이 지났을 무렵이다.

전쟁터를 연상케 할 정도로 많은 이들이 목숨을 잃은 공터가 갑자기 일그러지기 시작했다.

투두둑.

주먹만 했던 균열은 점점 커지기 시작하더니 이내 회오리처럼 주변으로 몰아쳤다. 그리고 그 회오리가 잠잠해질 무렵 그곳에 한 사내가 모습을 드러냈다.

신도율, 바로 그였다.

허공에서 뚝 떨어지듯 나타난 신도율의 모습을 발견한 수하들이 황급히 그에게 예를 갖췄다.

그렇지만 신도율은 그런 수하들의 반응에는 아랑곳도 하지 않고 주변을 두리번거렸다. 인근을 확인하는 그의 눈동자는 분노로 이글거렸다.

신도율이 버럭 소리쳤다.

"어디야! 혁씨 부자 놈들은 다 어디에 있느냐!"

혁무조와 혁련휘를 찾는 신도율의 목소리는 무척이나 흥분된 듯 보였다. 그도 그럴 것이, 그는 지금 무척이나 화가 난 상황이었다.

주변을 보면 누가 이번 싸움의 승자인지는 명확했다.

그런데 왤까?

이 이기고도 진 것 같은 더러운 기분은.

혁무조의 혈진으로 인해 갇혀 버린 진법 안은 무척이나 기분이 더러운 곳이었다. 새빨간 피가 주변에 넘실거렸고, 그 어디로 가도 길이 보이지 않던 진법이었다.

혁무조가 한나절 정도는 붙잡아 둘 거라 여겼던 혈진이었지만 신도율은 그런 그의 예상을 절반 가까이 단축시켰다. 그만큼 신도율이 혁무조의 예상보다도 뛰어난 능력을 지니고 있던 탓이다.

흥분해서 길길이 날뛰는 신도율을 향해 다가온 건 다름 아닌 혁련휘에게 당했던 소일홍이었다.

그녀는 얼마나 심하게 당했는지 치료를 받았음에도 불구하고 몰골이 보통이 아니었다. 양손은 새카맣게 타 버려서 붕대로 칭칭 동여매고 있었고, 얼굴에는 핏기 하나 느껴지지 않았다.

워낙 많은 양의 피를 토해 냈고 내상을 입은 탓에 거동하는 것조차 그리 쉽지 않았지만 아프다는 이유로 자리에 누워 있을 때가 아닌 건 이쪽도 마찬가지였다.

흥분해서 날뛰는 신도율을 향해 소일홍이 서둘러 다가갔다.

"대장, 진정하세요."

"어디야? 그놈들 어디 있어!"

"혁무조는 죽었어요. 그리고 혁련휘는 빠져나갔습니다."

"빠져나가?"

대답을 듣는 순간 신도율의 두 눈에 맺혀 있던 살기가 폭발했다. 이미 진법에 갇히는 순간 어느 정도 예상한 일이긴 했지만 막상 혁련휘를 놓쳤다는 사실을 직접 확인하게 되자 화가 터져 나온 것이다.

그런 신도율을 향해 소일홍이 걱정 말라는 듯이 말했다.

"대장, 걱정하지 마세요. 얼마 멀리 도망가지 못했을 거예요. 아시잖아요. 혹시 몰라 병력의 일부를 바깥으로 빼놨던걸요. 그들이 따라붙었어요."

"……."

대답을 들으며 신도율은 치미는 화를 꾹꾹 눌렀다. 계획대로 일이 진행되었음에도 불구하고 이토록 화가 나는 건 혁무조라는 그 재수 없는 존재에게 한 방 먹었기 때문이리라.

평소였다면 냉정했을 신도율은 혁무조에게 당했다는 사실에 자신도 모르게 추한 모습을 보이고 있었던 것이다.

몇 번 숨을 가다듬고서야 마음을 안정시킨 신도율이 주변을 둘러봤다. 화를 쏟아 내는 자신에게 모든 이들의 시선이 집중되어 있었다.

그걸 확인하자 신도율은 평소의 그로 돌아오기 시작했다.

과정이 어찌 됐든 간에…… 결국 싸워서 이겼고, 그들의 세력을 모두 궤멸시키는 것도 성공시켰다. 한 방 먹은 게 짜증이 나긴 했지만 그걸로 인해 이토록 흥분하는 모습을 다른 이들에게 드러내고 싶지는 않았다.

신도율이 차갑게 가라앉은 목소리로 말했다.

"상황 보고해."

"말씀드린 대로 혁씨 부자는 그리되었고, 마교의 몇몇 무인들도 빠져나가는 데 성공했어요. 그 외에는 모두 전멸시켰고요. 이제 남은 건 대장의 선택이세요."

"내 선택?"

"혁련휘를 쫓아가서 마무리를 하실지, 아니면 마교로 돌아가 그곳을 장악하실지를요."

원래의 계획대로라면 이곳에서 혁무조와 혁련휘 모두를 죽이고 곧바로 마교로 돌아가 그곳을 장악할 계획이었다.

그런데 예상치 못하게 혁련휘를 놓쳐 버리고 말았으니…….

잠시 고민하긴 했지만 답은 이미 정해져 있었다.

"마교로 돌아간다."

"좋은 선택이세요. 역시 대장답네요."

소일홍이 창백한 얼굴로 애써 미소를 지었다.

지금의 선택을 들으며 그가 평소의 냉정함을 되찾았다는 사실을 안 그녀다. 그도 그럴 것이, 지금 중요한 건 혁련휘가 아니다.

그는 벽력탄에 부상을 입은 이후 연달아 싸우며 이미 완전히 망가진 상황이다. 그리고 지금은 시간과의 싸움, 이곳에서 벌어진 일들이 마교로 들어가 그곳의 경비가 더 삼엄해지기 전에 빠르게 치고 들어가야 한다.

그들의 일 차 목표는 혁무조와 혁련휘의 목숨이었지만, 그걸 취함으로써 궁극적으로 도달하려고 한 것은 바로 마교의 장악이었기 때문이다.

　더군다나 지금 자신들 쪽의 사람들이 혁련휘 일행을 뒤쫓는 중이다.

　굳이 개인의 사사로운 원한으로 신도율까지 그곳으로 간다는 건 쓸데없는 시간 낭비에, 인력 낭비인 셈이다.

　몸에 묻어 있던 흙들을 털어 내며 미간을 찡그리던 신도율이 뒤편에 서 있는 소일홍에게 막 생각난 듯이 물었다.

　"그런데 혁련휘 그놈을 죽이러 간 건 누구지?"

　"누구긴 누구겠어요."

　피식 웃은 소일홍이 고개를 돌려 먼 산을 바라보며 말을 이었다.

　"지금쯤이면 슬슬 만나지 않았을까 싶네요."

＊　　　＊　　　＊

　혁련휘 일행은 여전히 산들이 이어진 이곳을 달리고 있었다. 쉼 없이 달리던 환야가 나무를 짚은 채로 거친 숨을 몰아쉬었다.

　"허억, 헉."

살짝 벌린 입 안에서 피와 침이 뒤섞여 줄줄 흘러내렸다. 환야는 지친 몸을 잠시 나무에 기댄 채로 엉망이 된 얼굴을 소매로 닦았다.

땀과 피가 범벅이 되어 소매에 묻어난다.

마음 같아서는 당장이라도 주저앉아 쉬고 싶었지만 그럴 여유가 없었다. 흐릿해지는 정신을 힘겹게 붙잡고 나무에 기댔던 몸을 떼는 환야에게 다가온 달치가 걱정스레 말했다.

"환야 아프다. 달치가 들어 준다."

자신의 어깨에 타라는 듯이 손짓하는 달치를 보며 환야가 고개를 저었다. 달치가 그나마 가장 멀쩡하긴 했지만 그라고 해서 지금 아무렇지 않을 리가 없다.

달치 또한 벽력탄에 당해 내상을 입은 상황이다.

그런 몸으로 혁련휘까지 둘러업고 이곳까지 달렸다. 다 같이 힘든 지금 자신조차 짐이 되고 싶지는 않았다.

환야가 걱정 말라는 듯 달치의 어깨를 두드리고는 짧게 대답했다.

"괜찮아. 넌 대장이나 잘 모셔. 가자."

말과 함께 몇 발자국 나아가던 환야는 무엇인가 기척을 느꼈는지 황급히 뒤를 돌아봤다.

보이진 않지만 지척에서 인기척이 느껴졌다.

'젠장! 벌써 턱밑까지 쫓아왔군.'

환야가 슬쩍 달치에게 눈짓을 하고는 황급히 걸음을 옮겼다. 둘이 경공을 펼치며 서둘러 달리기 시작했다. 그렇지만 막 달려 나가던 둘의 발이 약속이라도 한 듯이 동시에 멈추어 서고야 말았다.

차갑게 불어오는 매서운 바람이 머리카락을 어지럽힌다.

발을 멈춘 환야의 눈에 들어온 것은 절벽이었다.

천 길 낭떠러지가 앞에 자리하고 있었고, 그 한참 아래에는 거센 물줄기들이 지나가고 있었다.

길이 끊긴 걸 확인한 환야가 나지막이 욕설을 내뱉었다.

"이런 망할. 하필이면……."

막다른 길로 와 버린 지금 할 수 있는 건 방향을 바꾸는 것밖에 없다. 뒤를 잡히기 전에 움직여야 한다는 생각에 다급히 왔던 길로 걸음을 옮기려는 찰나였다.

스으윽.

수풀 사이에서 하나둘씩 무인들이 모습을 드러내기 시작했다. 그리고 그자들은 누가 봐도 알 수 있을 정도로 자신들에게 적의를 뿜어내고 있었다.

달치는 혁련휘를 업은 채로 그들을 보며 말했다.

"저놈들 적인 것 같다."

"……그러게."

말을 마친 환야가 입술을 깨물었다.

몸 상태라도 좋다면 어떻게든 빠져나가겠는데 그 숫자가 적지 않다. 그렇지만 지금 할 수 있는 건 결국 저들을 돌파하는 것밖에 없었다.

'어떻게든 저놈들을 모두……'

허나 그런 환야의 계획이 일그러진 건 수풀 사이에서 이내 모습을 드러낸 한 명을 보면서부터였다.

변발을 한 거구의 사내, 익숙한 그 얼굴을 보는 순간 환야의 안색이 급속도로 굳어졌다.

그자가 환야와 달치를 향해 비웃음을 흘리며 말했다.

"재수가 없어도 더럽게들 없는 놈들이네. 도망을 쳐도 하필이면 여기냐?"

"……우치."

나타난 상대가 우치인 걸 확인하자마자 환야의 시선이 옆에 있는 달치에게로 향했다. 그리고 예상대로 달치는 놀란 듯 눈을 크게 치켜뜬 채로 벌벌 떨고 있었다.

'하아, 하필이면 저놈이네.'

저 우치라는 자는 달치에게 상극이다.

달치는 저놈을 만나면 뭣도 하지 못하고 그저 벌벌 떨기만 했다. 어릴 적부터 당해 왔던 기억들이 심어 둔 깊은 공포 때문이다.

가뜩이나 자신보다 달치가 멀쩡한 상황. 그런데 나타난 것이 우치라면…… 최악의 상황이 벌어진 것과 다름없다.

달치는 없는 것과 다름없을 테니까.

문제는…….

'이길 수 없어.'

환야는 알고 있었다.

일전에도 자신은 우치에게 패했다. 암살에 특화된 무공을 익힌 환야에게 이처럼 대놓고 싸우는 일대일 대결은 불리할 수밖에 없다. 지금도 그렇다.

이렇게 훤히 드러난 곳에서 우치와 싸워서 자신이 이길 거라는 생각은 도저히 들지 않았다.

거기다 자신은 심각한 부상까지 입었다.

경공을 펼치는 것만으로도 숨을 못 쉴 정도로 허덕거리지 않았던가.

그리고 우치의 뒤에서 모습을 드러낸 백여 명이 넘는 숫자의 무인들도 문제였다. 그들 또한 하나같이 적잖은 고수들로 보였기 때문이다.

환야가 고개를 치켜들어 하늘을 올려다봤다.

"하아."

참으로 잔인한 날이다.

혁련휘에게서 아버지인 혁무조를 빼앗아 갔거늘, 아무래

도 하늘은 그것으로는 모자라다 여겼던 모양이다.

깊은 한숨을 내쉬던 환야의 두 손에 어느덧 비수가 들려져 있었다.

그런 환야의 모습을 보며 우치가 비웃음을 흘렸다.

"그 몸으로 되겠어? 멀쩡했을 때도 나한테 피 떡이 돼서 간신히 살아 돌아갔잖아."

"후우, 그러게 말이다."

오히려 동조하는 환야의 말투에 우치는 잠시 말을 멈췄다. 그 사이에 환야가 정신을 못 차리는 달치를 향해 말을 걸었다.

"달치야. 부탁 하나만 하자."

"……."

부탁을 한다는 말에도 달치는 안절부절못하고 있었다.

그런 달치의 손을 환야가 확 잡아챘다.

갑작스레 손을 잡아 오는 환야의 행동에 달치가 퍼뜩 정신을 차리고 그를 내려다봤다.

겁을 잔뜩 집어먹은 듯 눈을 크게 치켜뜬 달치를 보며 환야가 웃는 얼굴로 말을 시작했다.

"야 이 망할 놈아. 무서운 것도 알겠고, 아무것도 못 하는 것도 알겠다. 그렇지만 하나만 부탁하자. 지금 여기서 대장 데리고 도망만 쳐 주라. 그것만 좀 부탁할게. 할 수…… 있지?"

환야의 말에서 느껴지는 심각한 분위기 때문인지 달치는 떨리는 목소리로 힘겹게 말을 받았다.

"우, 우리 가면 환야 혼자다. 환야 다쳤다. 다친 환야 저 놈들 상대 못 한다."

"알아 인마. 그러니까 부탁한다고. 대장 지켜야 할 거 아니냐."

말을 마친 환야가 잡고 있던 달치의 손을 천천히 놓으며 앞으로 걸어 나갔다.

그는 길게 숨을 내쉬었다.

목숨을 걸 각오는…… 이미 끝났다.

환야가 짧게 말했다.

"꼭 살아라. 그리고 대장을 부탁해."

말을 마친 환야는 더는 시간이 없다 생각했는지 폭풍처럼 회전하며 우치를 향해 달려들었다. 순식간에 날아들던 그의 몸이 휙 하니 사라졌다.

암흑류를 펼친 것이다.

사라진 환야의 모습에 모두가 놀란 듯 다급히 주변을 두리번거릴 때였다. 오로지 한 명, 우치만은 비웃음을 머금고 있었다.

"버러지 같은 게."

그 말과 함께 우치가 자신의 발 아랫부분을 휙 걷어찼다. 아무것도 없던 공간에서 갑자기 환야가 모습을 드러내며 그대로 뒤로 튕겨져 나갔다.

얼굴에 일격을 제대로 허용한 환야가 바닥을 몇 바퀴나 데굴데굴 굴렀다.

"큭!"

최대한 빠르게 움직이려 했지만 내공도 따라 주지 않았고, 우치의 눈을 속일 정도로 완벽하지도 못했다.

우치가 한 걸음 다가오며 말했다.

"그딴 걸로 나한테 뭘 해 보려는 거야? 어디 한번……."

다가오는 우치를 상대하기 위해 몸을 일으켜 세우던 환야는 자신의 앞에 드리워지기 시작한 그림자를 느끼고는 놀란 듯 옆으로 고개를 돌렸다.

어느덧 다가온 달치가 환야와 우치 사이를 가로막은 것이다.

공격해 올 우치를 직접 막기라도 하겠다는 듯 가운데 선 달치의 다리는 살며시 떨리고 있었다.

무서운 거다.

그렇지만…… 그럼에도 불구하고 달치는 환야를 지키기 위해 이곳으로 왔다.

자신 때문에 죽을 뻔했던 환야를 기억한다.

당시에도 겁을 집어먹고 아무것도 못 하는 탓에 환야는 생사의 고비를 넘었다. 그 일을…… 다시금 반복하게 할 수는 없었다.

벌벌 떨면서도 버티고 서 있는 달치를 보며 우치가 기가 차다는 듯 말했다.

"이 자식 머리라도 맞았냐? 내가 누군지 몰라? 나야 우치. 네가 그렇게 무서워하던 우치라고."

"화, 환야! 내가 지킨다."

엉거주춤한 자세로 서 있는 달치가 우스웠는지 우치는 괜히 발을 구르며 버럭 소리를 내질렀다.

"왁!"

커다란 소리에 움찔하는 달치를 보며 우치가 비웃음을 흘리며 서서히 주먹을 들어 올렸다. 주먹을 들어 올리자 자연스레 움츠러드는 달치, 그런 그를 향해 우치가 살기를 뿜어 대며 다가왔다.

"어떻게 해 줄까? 네놈의 손가락 마디마디 다 분질러서 물고기 먹이로라도 줄까? 생각해 봐 달치야. 아주 재미있을 거야. 그렇지?"

"으으……."

겁먹고 서 있는 달치를 보면서 우치는 쾌감을 느꼈다. 어렸을 때부터 항상 그랬다. 겁먹은 달치를 괴롭히는 건 지옥

같았던 자하도의 삶에서 하나뿐인 유희였다.

그저 재미있어서 괴롭혔고, 그건 지금도 마찬가지다.

어차피 달치는 아무런 것도 하지 못한다.

그러니 지금도 아무것도 하지 못할 거라 확신했다.

허나…… 이번엔 달랐다.

자신을 지키기 위해 환야가 힘겹게 자리에서 일어나는 걸 느낀 달치가 벼락처럼 주먹을 휘두른 것이다.

퍼억!

날아든 주먹이 정확하게 우치의 얼굴 중앙에 틀어박혔다. 그리고 그의 비대한 몸이 수십 걸음 뒤까지 나가떨어졌다.

뚱뚱한 몸으로 바닥을 데굴데굴 구른 그가 바닥에 쓰러진 채로 믿을 수 없다는 듯 말을 더듬거렸다.

"나, 날 때렸어?"

말을 내뱉는 그의 얼굴은 주먹에 정확하게 적중당한 탓에 새빨갛게 부어 있었다. 그리고 터져 나온 코피로 인해 코와 입 부분도 엉망이었다.

바닥에 널브러진 채로 놀란 듯 중얼거리는 우치, 그리고 그 반대로 주먹을 날렸던 달치는 자신의 손을 내려다보고 있었다.

일격에 날아가 버린 우치, 그리고 그가 피까지 뿌리며 바닥을 나뒹굴었다.

주먹에 느껴졌던 익숙한 감각.

달치는 주먹을 몇 번이고 쥐었다 폈다를 반복했다.

별거 아닌 한 방이었다. 그런데 그토록 무서웠던 우치라는 존재가 나가떨어졌다.

그 사실을 깨닫는 순간 떨리고 있었던 온몸의 경련이 조금씩 사라지기 시작했다.

그리고 이내 평소의 달치로 돌아온 그가 천천히 입을 열었다.

"달치 이제 너 안 무섭다. 그때 달치 배고팠다. 배고파서 너랑 못 싸웠다. 하지만 지금 달치 배부르다."

말을 마친 달치가 등 뒤에 업고 있는 혁련휘를 천천히 내려놨다.

격한 움직임 탓에 혁련휘도 정신을 차리고 지금 이 상황을 모두 보고 있었다. 그런 혁련휘와 잠시 시선을 마주했던 달치의 눈이 환야에게로 향했다.

우치에게 갑작스럽게 일격을 먹인 그를 놀란 눈으로 바라보는 환야. 그런 그를 바라보던 달치가 다시금 주먹을 말아 쥐며 말을 이었다.

"그러니까 환야 건드렸던 너, 오늘 달치한테 죽는다."

11장. 오다

— 입 돌아갑니다

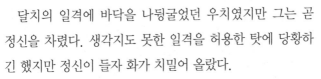

　달치의 일격에 바닥을 나뒹굴었던 우치였지만 그는 곧 정신을 차렸다. 생각지도 못한 일격을 허용한 탓에 당황하긴 했지만 정신이 들자 화가 치밀어 올랐다.

　어릴 때부터 벌레만도 못한 취급을 해 왔던 상대다. 그런 상대에게 얻어맞으니 당황스러우면서도 이루 말로 형용하기 어려운 수치심까지 밀려들었다.

　"……이런 모자란 새끼가 뭐? 죽여? 네가 날 죽이겠다고?"

　코에서 쏟아져 나오는 피를 닦아 내며 자리에서 일어선 우치가 이를 으득 갈았다.

그런 우치를 향해 달치가 대답했다.

"달치 안 모자라다. 모자란 건 네 머리카락이다."

변발을 하고 있는 탓에 앞쪽이 비어 있는 우치의 머리를 보며 내뱉은 달치의 대꾸는 얼결에 그를 놀리는 꼴이 되어 버렸다.

붉으락푸르락한 얼굴로 우치가 손목을 가볍게 꺾었다. 그러고는 뒤편에 있는 수하들을 향해 명령을 내렸다.

"아무도 끼지 마. 저놈은 내가 박살을 내 버릴 테니까."

우치의 명령에 수하들은 슬쩍 뒤로 몇 걸음 물러났다. 이런 거구 사내들끼리의 싸움에 끼어들었다가 괜한 피해를 입을 걸 염려해서다.

가볍게 팔을 풀며 우치가 달치를 향해 다가오기 시작했다.

그가 살기 어린 표정으로 말했다.

"내 얼굴에 한 방 날린 대가는 크다고."

"달치도 안 진다. 이제 너 안 무섭다."

대답과 함께 달치 또한 우치를 향해 성큼 다가갔다. 그리고 이어 둘의 거리가 가까워졌을 때였다. 누가 먼저라고 할 것도 없이 두 사람은 서로를 향해 성난 황소처럼 달려들었다.

쿵쿵쿵!

땅을 울리는 소리와 함께 둘은 서로의 손을 움켜잡았다.

쿠웅!

두 손을 맞잡은 채로 서로를 향해 힘을 주는 것만으로도 주변으로 커다란 굉음이 터져 나갔다. 동시에 달치와 우치의 두꺼운 팔뚝이 팽창하기 시작했다.

핏줄이 터져 나갈 것처럼 도드라진 그 상태로 두 사람은 서로의 손을 마주 잡고 상대에게 힘을 가하고 있었다.

사실 우치는 자신이 있었다.

막 손을 맞잡은 순간까지만 해도 당장에 이 손가락을 모두 박살을 내 버릴 거라 확신했던 것이다. 힘이라면 어디가도 밀리지 않았고, 자신이 알던 달치는 덩치만 큰 바보에 불과했다.

당시에도 힘은 좋았지만 결코 자신을 어찌할 수 있는 수준은 아니었으니까.

그런데…… 막상 손을 마주하는 순간 우치는 움찔하고야 말았다. 손을 타고 밀려드는 달치의 묵직한 힘이 손가락 사이사이를 파고든다.

당장이라도 손가락이 뽑혀져 나갈 것 같은 고통이 밀려들었지만 우치는 이를 악물고 버텨 냈다.

'이, 이 새끼가?'

등 뒤에서 식은땀이 줄줄 흘러내리기 시작했고, 덩달아

얼굴은 붉게 물들었다. 억지로 버티며 마주하고는 있었지만 손을 마주 잡아 힘 싸움을 시작하는 순간 직감적으로 알 수 있었다.

지금 자신은 버티는 게 고작일 거라는 것을.

한없이 우습게만 보아 왔던 달치라는 존재, 그런데 손을 맞잡고 서로의 힘 싸움을 벌이는 지금 그토록 얕봤던 달치가 태산처럼 크게 느껴지기 시작했다.

'젠장, 내가 알던 이놈은 분명 별 볼 일 없었는데…….'

대체 언제부터 이렇게 강했던 걸까?

자신이 나간 이후부터? 아니면…… 자신이 알고 있던 그 시간 동안에도 이 정도의 능력을 지녔던 것일지도 모르겠다.

허나 지금은 그게 문제가 아니었다.

조금이라도 집중을 푼다면 당장에 꺾여 버릴 손가락들이 비명을 질러 대고 있었기 때문이다.

'이익!'

어떻게든 이 손을 뿌리치고 다른 식으로 싸움을 이어 가야지 도저히 힘 싸움으론 이겨 낼 재간이 없었다.

뚜두둑.

근육은 터질 듯이 팽창했고, 온몸의 힘을 쥐어짜면서까지 버텨 냈던 우치의 손가락이 점점 자신 쪽으로 기울기 시작했다. 점점 접혀 가기 시작하는 손을 느끼며 우치의 안색은 더욱 새파랗게 질렸다.

창피를 모면하기 위해 무슨 수를 써서라도 버티려 했지만…… 결국 그의 손가락이 꺾이고야 말았다.

뚜둑!

소리와 함께 양손이 완벽하게 뒤로 젖혀졌고 입에서는 비명 소리가 터져 나왔다.

"아악! 이 새끼가!"

우치는 힘 싸움을 멈추며 곧바로 머리로 달치를 들이받았다. 얼굴 중앙으로 날아드는 우치의 머리, 그런데 그런 그를 향해 달치 또한 머리를 들이밀었다.

쩌엉!

돌끼리 부닥치는 소리가 들리는가 싶더니 우치의 코에서 재차 피가 팍 하고 터져 나왔다.

우치는 다리에 힘이 풀린 듯 휘청이다가 결국 그대로 바닥에 무릎을 꿇었다. 그 순간 우치의 손가락을 꺾고 있던 달치의 한쪽 손이 풀려 나왔다.

그리고 일순 드리워진 그늘.

뻐억!

들려진 달치의 손에 일격을 허용한 우치의 얼굴이 뒤로 튕겨져 나감과 동시에 입에서는 피 분수를 뿜어냈다.

서로를 향한 박치기에서 반쯤 정신이 나갔던 우치는 일
격을 허용하고서야 눈을 부릅떴다. 그리고 이어지는 달치
의 연이은 공격이 벼락처럼 쏟아졌다.

시야를 어지럽힐 정도로 연이어 밀려드는 공격, 우치는
황급히 목을 마구 꺾었다. 덩치와 다르게 재빠른 움직임을
자랑하는 우치는 아슬아슬하게 달치의 주먹질을 피해 냈
다.

허나 그때마다 귓가를 스치고 지나가는 바람을 가르는
소리에 우치는 오금이 저릴 정도였다.

부웅! 붕!

'이걸 제대로 맞았다가는……'

우선은 거리를 벌리는 게 급선무라 판단한 우치의 시선
이 향한 곳은 아직까지 움켜쥐고 있던 달치의 손이었다.

우치는 재빠르게 수도로 달치의 팔목을 내려쳤다.

탁!

가까스로 달치의 손을 밀어내는 것과 동시에 번개처럼
발로 그의 가슴을 후려쳤다.

일격을 날리던 달치는 날아드는 발길질을 두꺼운 팔뚝으
로 막아 냈다.

반동을 이용해 뒤로 몸을 날렸던 우치가 여태까지 달치
에게 잡혀 있었던 손을 마구 털었다.

감각이 없어진 게 아닐까 하는 착각이 들 정도로 손은 자신의 맘대로 움직이지 않았다. 저릿한 손의 감각이 돌아오는 걸 느끼며 우치는 작전을 변경했다. 그는 품에 있는 섭선을 들어 올렸다.

일전에 혁련휘와의 싸움에서 우치의 섭선은 산산조각이 나 버렸다.

그 이후 새로 제작한 이 섭선으로 혁련휘에게 복수할 날만 꿈꿨는데…… 설마 이 무기를 다른 자도 아닌 달치 때문에 꺼내게 될 거라고는 상상도 하지 못했다.

우치가 섭선을 꺼내어 들자 달치 또한 기다렸다는 듯 허리춤에 차고 있던 도끼를 뽑아 들었다.

달치가 손에 쥔 도끼를 가볍게 돌렸다.

부웅, 붕.

손바닥을 타고 회전하는 도끼에서 느껴지는 바람 소리가 인근을 울렸다.

그런 달치의 기세를 꺾기 위해서 우치는 예전의 일을 들먹였다.

"잊었어? 그 도끼질 가르쳐 준 게 나라는 걸. 넌 날 못 이겨."

비웃듯이 말하고 있었지만 사실 긴장하고 있는 건 우치였다. 생각하지 못했던 달치의 강함을 피부로 체감하고 있었던 탓이다.

그런 우치의 말에 달치가 아무렇지 않게 대꾸했다.

"넌 달치한테 가르치지 않았다. 그냥 귀찮은 일에 달치를 대신 썼을 뿐이다. 나 이 도끼 주인에게 배웠다. 그래서 나 주인 지킨다. 환야도 지킨다. 이 도끼로."

어수룩하긴 하지만 달치의 말에는 확고한 생각이 담겨져 있었다.

혁련휘와 환야는 달치의 전부였다.

어릴 때부터 달치를 거뒀던 사부는 우치에게 당하는 그를 방관했다. 그리고 우치는 계속해서 어린 그를 괴롭히는 걸로 모자라 고문에 가까운 장난을 쳐 댔다.

어린 달치가 견디기 힘든 고통이었다.

우치가 사라진 이후 혼자 살아가던 달치는 당연히 포악해져 갔다. 그리고 누구를 믿지도, 함께하지도 않았다. 누군가를 알아 간다는 건 또 다른 괴롭힘의 시작이라 여긴 탓이다.

가시를 잔뜩 세운 고슴도치처럼 달치는 주변에 아무도 두지 않았다. 그런 달치의 옆에 있어 준 것이 바로 저 두 사람이다.

옆에서 항상 함께해 준 둘이 있었기에 달치는 다시금 온순해지기 시작했다. 물론 싸울 때야 넘치는 힘으로 주변을 쓸어버리긴 했지만 마음만큼은 한없이 순했던 본연의 모습으로 돌아온 것이다.

물론 그건 쉬운 일이 아니었다.

어릴 때 새겨져 버린 공포와 고통이라는 건 쉽사리 잊히는 게 아니었으니까.

그렇지만 저 둘과 함께하며 달치는 다시금 평온을 되찾았다. 그랬기에 저 둘은 달치에게 무척이나 특별했다.

자신의 목숨과는 비교도 되지 않을 정도로.

달치가 발을 구르며 소리쳤다.

"달치가 있는 이상 아무한테도 손 못 댄다!"

"……쉽지 않을걸."

우치는 자신의 뒤편에 있는 수하들을 어깨너머로 힐끔 바라보며 짧게 답했다.

지금 싸움이야 어찌 됐든 간에 결국 결과는 정해져 있다. 협곡을 끼고 있는 이곳에서 도망치기 위해서는 자신들을 모두 죽여야 가능한 일이다.

우치는 섭선을 쫙 펼친 채로 내공을 집중시켰다.

타악!

발을 구르는 순간 그의 섭선에 휘감기기 시작한 강기가 번개처럼 달치를 향해 날아들었다. 그리고 그런 우치를 향해 달치 또한 도끼를 든 채로 우직하게 달려들었다.

쿵쿵!

울리는 소리와 함께 달치의 손에 들린 도끼가 우치의 강기를 찢어발겼다. 그리고 동시에 지척까지 다가간 달치의 도끼가 강맹하게 휘둘렸다.

부웅!

날아드는 도끼를 강기가 휩싸인 섭선으로 받아 낸 우치, 순간 둘의 몸 주변으로 커다란 폭발이 벌어졌다.

그러기 무섭게 두 사람의 거구가 서로를 향해 매섭게 움직이기 시작했다.

퍼버벅!

주먹질이나 발길질이 뒤섞인 채로 둘은 상대방을 죽일 듯이 섭선과 도끼를 휘둘렀다. 연달아 충돌하는 와중에 달치의 주먹이 우치의 복부에 틀어박혔다. 그렇지만 우치도 이번엔 당하지만은 않았다.

복부에 공격이 틀어박히는 순간 손바닥으로 달치의 뺨을 후려친 것이다.

빡 소리와 함께 돌아간 고개, 그렇지만 이번에도 달치의 발길질에 우치는 뒤로 몇 바퀴나 나뒹굴어야 했다.

둘의 싸움은 호각지세로 보였다.

그렇지만 어느 정도 실력이 있다면 알 수 있다. 지금 이 싸움의 승기를 잡고 있는 게 어느 쪽인지를.

고통스러운 듯 가슴을 부여잡은 채로 둘의 싸움을 지켜만 볼 수밖에 없었던 환야 또한 개중 하나였다.

'달치가 한 수 이상 앞선다.'

힘에서 달치는 연신 우치를 찍어 누르고 있다.

덕분에 우치는 자신의 장기를 선보이지 못하고 연신 쩔쩔매고 있다. 힘으로 어떻게든 상황을 타개하려 할 때마다 더욱 큰 힘의 달치가 찍어 누르는 형상이다.

상황이 자신들에게 유리하게 돌아가고 있었지만 환야의 표정은 좋지 못했다.

우치를 이기는 거야 좋지만 뒤쪽에 있는 자들은 어떻게 해결을 해야 할지 답이 서지 않았다. 특히나 저 무인들 속에서 뛰어난 존재감을 드러내고 있는 두 명의 노인.

저 둘이 문제다.

미간을 찡그린 채로 이 싸움을 보고 있는 그 두 노인 또한 지금 싸움에서 누가 유리한지 이미 눈치를 챈 듯싶었다.

결국 이 싸움의 결과와 상관없이 저 둘은 움직이게 될 거다. 또 다른 백여 명에 가까운 무인들과 함께.

'지금 싸울 수 있는 건 달치가 고작이야. 그리고 난 평소의 삼 할도 실력을 내기 힘들고. 대장은…….'

혁련휘는 지금 눈을 뜬 채로 버티고 있는 것조차 용한 상황이다. 이런 지금 승산은 없었다. 어떻게든 이 무리와 떨어져야 하는데 이미 퇴로는 잡혔다.

앞은 낭떠러지에, 반대편 절벽은 지금의 몸 상태로는 도약하기 힘들 정도로 멀다. 더군다나 자신들이 저 반대편 절벽 쪽으로 간다 한들 이들이 뒤쫓는다면 그 또한 의미가 없는바.

아무리 머리를 굴려도 환야는 아무런 답을 내릴 수가 없었다.

사면초가라는 말이 딱 어울리는 상황이었다.

그리고 환야가 걱정하던 일은 그리 오랜 시간이 지나지 않았을 무렵 일어나기 시작했다.

빠악!

회전하며 차오른 무릎이 우치의 안면을 가격했다.

그는 볼썽사납게 나자빠졌고, 피투성이가 된 입을 감싼 채로 일어났다.

"달치 이 새끼 정말 죽여 버린다!"

흥분했는지 입에서 피까지 튀기며 우치는 자신의 격앙된 감정을 드러냈다. 우치의 꼴은 말이 아니었다. 순식간에 몇 방을 허용한 탓에 얼굴은 퉁퉁 부어 있었고, 코와 입술은 피범벅이다.

달치 또한 몇 번의 공격을 허용하며 부상을 입긴 했지만 우치에 비해서는 너무도 멀쩡해 보인다.

우치가 화가 난다는 듯 달려들려 할 때였다.

뒤편에 자리하고 있던 노인 중 청색 옷을 걸친 자가 나섰다.

"그만하시지요."

"뭐야? 나보고 얻어맞고 그만하라고?"

"목적을 잊으신 겁니까? 지금 이 일 그대로 보고를 올려도 될는지요."

차분한 노인의 말에 우치가 불쾌한 표정을 지어 보였다. 그가 차갑게 쏘아붙였다.

"지금 네깟 놈이 날 겁박이라도 하려는 거냐?"

"그럴 리가요. 그저 냉정하게 이 상황을 정리해야 한다는 걸 말씀드리고자 하는 겁니다. 이대로 시간이 계속해서 끌리는 걸 그분께서는 원치 않으실 겁니다."

"끄응!"

신도율의 이름까지 거론되자 우치는 불편한 듯 낮은 신음을 토해 냈다. 이렇게 달치에게 신나게 두드려 맞다가 끝내야 하는 상황이 좋지는 않았지만…….

우치가 불만스러운 표정으로 소리쳤다.

"……망할! 그렇게 해!"

답이 떨어지자 청의의 그는 반대편에 서 있던 노인과 눈빛을 주고받고는 고개를 끄덕였다. 지금 중요한 건 다름 아닌 교주 혁련휘의 목이다.

노인 둘은 검을 뽑아 든 채로 앞으로 걸어 나옴과 동시에 손을 들어 올렸다.

그러자 뒤편에 대기하고 있던 무인들은 등 뒤에 걸고 있던 활을 뽑아 들었다. 그러고는 일사불란하게 활에 화살을 걸기 시작했다.

순식간에 백여 개 이상의 활이 세 사람을 향한 모양새를 취했다.

활에 걸린 화살의 촉이 섬뜩한 빛을 토해 냈다.

활을 쏘는 이들이 보통 사람들이었다면 큰 문제가 안 될지도 모른다. 허나 이들은 모두 무인이고 실력들 또한 일정 수준 이상에 들어선 자들이었다.

그런 그들의 내공이 담긴 화살은 강철에도 박힐 정도로 예리하다.

활에 걸린 화살이 그 날카로운 이를 드러내고 있을 때 환야가 서둘러 혁련휘의 앞을 막아섰다. 어떻게든 그에게 쏟아지는 화살만큼은 몸으로라도 막아 내겠다는 모양새다.

그런 환야의 생각을 읽어서일까?

주저앉은 채로 헐떡이던 혁련휘가 자신의 앞을 막고 있는 환야의 어깨에 힘겹게 손을 가져다 댔다.

갑작스러운 혁련휘의 행동에 환야가 고개를 돌려 그를

확인할 때였다. 혁련휘가 지친 얼굴로 가볍게 고개를 가로
저었다.

"……환야, 비켜."

"싫습니다."

"지금 그 몸으로 화살을 받겠다고? 그러면 너 죽어."

"그럼 대장은요?"

되물어 오는 환야의 목소리는 콱 막힌 듯이 들려왔다. 혁
련휘의 마음을 모르는 바가 아니다.

혁련휘는 자기가 죽기를 바라지 않는 거다. 그렇지만 그
건 환야 또한 다르지 않았다.

결국 자신이 화살을 막아 낸다 해도 혁련휘는 죽을 것이
다. 그걸 알면서도 환야는 움직이지 않았다. 적어도 혁련휘
보다 늦게 죽는다는 건 스스로가 용납할 수 없었으니까.

환야는 요지부동인 채로 말을 이었다.

"죄송합니다, 대장. 아무래도…… 끝까지 모시지 못할
것 같습니다."

"환야!"

혁련휘가 어깨에 쥔 손에 힘을 불어 넣으며 버럭 소리쳤
다. 허나 그의 말이라면 언제든 따르는 환야였지만 이번만
큼은 물러날 생각이 없었다.

환야는 지그시 눈을 감았다.

지금 이곳에서 죽는다는 게 무척이나 원통했다.

죽는 게 무서운 게 아니다. 이들에게 아무런 것도 하지 못하고 죽게 된다는 게 억울했을 뿐이다. 거기다 혁련휘를 지키지 못했다는 것 또한 쉽게 눈을 감기 힘들게 만드는 요인이었다.

환야가 뒤편에 있는 혁련휘를 응시하며 따뜻하게 말을 이었다.

"그래도…… 당신과 만나 즐거웠습니다, 대장."

"……."

환야의 그런 말에 혁련휘가 입술을 깨물었다.

그때였다.

죽음을 각오하고 있는 둘을 향해 달치가 다가오며 입을 열었다.

"달치 말했다. 달치가 둘 살린다고."

그 말과 함께 달치가 두 사람을 번쩍 들어 올렸다.

달치의 예상치 못한 갑작스러운 행동은 그게 끝이 아니었다. 곧바로 환야의 등 뒤로 혁련휘를 업히게 하고는 말을 이었다.

"환야 주인 꽉 잡아라. 떨어지지 않아야 한다."

"너…… 뭐 하는 거야?"

놀란 환야가 되물을 때였다.

달치가 양손으로 환야의 어깨를 움켜잡았다. 그러고는 누가 뭐라고 할 틈도 없이 무서운 속도로 회전하기 시작했다. 동시에 그의 몸이 빠르게 절벽 쪽으로 다가갔다.

뭔가 불안함을 느꼈는지 두 노인 중 하나가 재빠르게 수하들에게 명령을 내렸다.

"뭣들 해! 당장 쏘지 않고!"

그 말과 함께 활에 걸려 있던 화살들이 세 사람을 향해 쏘아져 나왔다. 내공이 실린 화살이 허공을 가르며 날카롭게 날아들었다.

쒜에에엑!

귓가를 울리는 파공음이 사방에서 들려왔지만 달치는 아랑곳하지 않았다.

달치의 팔이 터질 듯이 팽창했고, 동시에 모든 힘을 쥐어짜며 두 사람을 반대편 절벽을 향해 냅다 집어 던졌다. 거리가 무려 수십 장은 될 정도로 먼 거리, 그렇지만 둘의 몸은 허공을 날기 시작했다.

절벽 사이로 휘몰아치는 차가운 바람이 둘의 몸을 감싸는 순간, 환야는 업고 있는 혁련휘가 떨어지지 않도록 자신도 모르게 몸을 굽혔다.

그렇게 절벽 사이를 날아 반대편으로 날려진 환야의 눈에 이내 허공이 아닌 땅이 들어왔다.

팍!

황급히 발에 힘을 주며 바닥에 착지한 환야는 서둘러 고개를 돌려 뒤편을 바라봤다.

반대편 절벽에서 자신을 집어 던진 달치를 확인하기 위해서다.

그리고 그곳에는…… 십여 개에 달하는 화살이 박힌 채로 버티고 서 있는 달치가 있었다.

그가 웃으며 중얼거렸다.

"달치가…… 두 사람 지킨다."

화살이 잔뜩 틀어박힌 달치를 본 혁련휘와 환야의 표정이 동시에 굳어졌다. 환야가 절벽 너머 멀리 떨어진 곳에 있는 그를 향해 다급한 목소리로 소리쳤다.

"이 멍청아! 이게 무슨……!"

이 정도로 먼 거리를 던져 낸 달치의 힘에 놀랐다.

허나 지금 더 큰 문제는 달치의 상태다. 달치를 향해 쏘아졌던 화살들이 그의 몸에 빼곡히 박혀 있었고, 그 때문에 달치의 온몸은 피투성이였다.

그리고 히죽거리며 웃는 입에서도 피가 주르륵 터져 나왔다.

이런 상황에서도 뭐가 그리도 좋은지 바보처럼 실실 웃

고 있는 달치를 보고 있자니 환야는 억장이 무너져 내렸다.

환야가 다시금 소리쳤다.

"뭐해! 빨리 이리로 와!"

악에 받쳐 소리를 지르고 있었지만 환야는 알고 있었다. 화살에 박혀 부상을 입은 상황, 이곳으로 그가 전력을 다해 날아와 착지한다 해도 곧 저쪽의 병력들 또한 이쪽 절벽을 넘어설 거라는 걸.

결국 죽는다는 건 변하지 않는다.

그 사실을 알면서도 환야는 달치에게 어서 오라고 소리를 내지르고 있는 것이었다.

그렇지만…….

달치는 이쪽 절벽으로 몸을 날리기는커녕 오히려 몸을 돌렸다.

그가 짧게 말했다.

"아직 안 끝났다."

달치는 분명 어린아이의 지능을 지니고 있었다. 그렇지만 지금 이 상황에서 자신이 그냥 저쪽 절벽으로 뛰어간다면 무슨 일이 벌어질지 모를 정도로 바보는 아니었다.

이들이 뒤를 쫓을 수도 있다는 사실은 달치 또한 알고 있었다.

그랬기에 혁련휘와 환야를 반대편 절벽으로 던질 때부터

이미 다음 수를 생각해 뒀다.

저들이 저쪽 절벽으로 날아갈 수 없게 만들면 된다.

달치의 온몸에 갑자기 내공이 휘몰아치기 시작했다. 거구의 그에게서 풍겨져 나오는 압도적인 기백에 활을 겨누고 있던 이들조차도 당황한 기색이 역력했다.

멀리 떨어진 이곳에까지 느껴지는 달치의 투기가 전신의 털을 곤두서게 만든다. 수십 장이나 떨어진 곳에 있는 환야가 이 정도이거늘 그런 달치와 마주하고 있는 그들의 상태가 어떨지는 굳이 설명할 필요도 없었다.

쿠쿠쿠쿠!

잔잔하게 시작한 진동이 일대를 뒤덮는다.

그리고 그 순간 달치의 양손에 커다란 힘이 휘몰아치기 시작했다.

그가 적들을 향해 달려가기 직전에 슬그머니 입을 열었다. 자그마한 목소리에 거리도 멀었지만 그의 목소리는 먼 곳에 위치한 혁련휘와 환야의 귀에 정확하게 들려왔다.

"주인, 그리고 환야."

둘을 부른 달치가 이내 뒤로 고개를 돌렸다.

씩 웃은 그가 말을 이었다.

"죽지 마라."

그 말을 끝으로 달치는 적들을 향해 몸을 날렸다. 동시에 겁을 먹고 있던 이들은 놀란 듯 손에 있던 활을 쏘기 시작했다.

슈슈슉!

날아드는 화살, 그렇지만 달치가 노리는 건 그들이 아니었다. 공격할 것처럼 달려들던 달치의 주먹이 방향을 선회하며 갑자기 땅을 후려쳤다.

쿠웅!

커다란 소리와 함께 주변의 땅이 흔들렸다.

동시에 달치의 주먹이 닿은 부분의 땅이 움푹 파이는 듯싶더니 주변의 모든 것들이 파도에 휩쓸리기라도 한 것처럼 출렁이며 파괴되어 나갔다.

그리고…….

쩌저저적!

들려온 것은 땅이 갈라지는 소리였다.

다른 곳이었다면 그저 갈라지면 그만인 상황, 허나 이곳은 지형적으로 완전히 달랐다.

툭 튀어나온 절벽, 그곳의 땅이 갈라지기 시작했다.

그리고 그 말은 절벽 자체가 송두리째 터져 나간다는 것을 의미했다.

절벽에서 달치와 대치하고 있던 그들은 순간적으로 천지가 뒤바뀐다는 착각이 들었다. 절벽 자체가 송두리째 무너져 내리기 시작했으니까.

"으앗!"

놀란 누군가가 황급히 비명을 지르며 뒤로 빠지려 했지
만 이미 늦었다. 통째로 박살이 난 절벽이 그대로 아래로
뚝 떨어져 내리기 시작한 것이다.

그 와중에 놀란 우치는 황급히 몸을 날렸다.

뭔가를 밟고 도약하기 위해 주변을 두리번거리던 우치의
눈에 자신의 수하의 모습이 들어왔다. 그자 또한 황급히 인
근에 있는 나무를 잡아채기 위해 도약하고 있었다.

그자를 확인하는 순간 우치는 망설이지 않았다.

우치의 커다란 발이 그자의 머리를 밟았다.

터억!

허공으로 도약하던 수하는 도리어 바닥으로 떨어져 내렸
고, 그 반동을 이용해 우치는 하늘로 솟구쳐 오를 수 있었
다.

"휴우."

부서져 버린 절벽에서 수하를 희생시키며 아슬아슬하게
빠져나온 우치가 안도의 한숨을 내쉬었다.

그리고 나무에 매달린 채로 아래를 바라보는 우치의 눈
에는 떨어져 내리는 절벽과, 그곳에서 빠져나오지 못한 수
많은 수하들의 모습이 들어왔다.

또 이 모든 일을 벌인 원흉인 달치의 모습도.

화살이 잔뜩 틀어박힌 채로 달치는 위쪽으로 고개를 치켜들고 있었다.

그의 시선이 향한 곳에는 혁련휘와 환야가 있었다.

떨어져 내리는 그 짧은 틈에도 달치는 손을 들어 올려 두 사람을 향해 가볍게 흔들었다.

휘휘.

작별 인사라도 하려는 듯이 손을 휘휘 저으며 마지막 인사를 하던 그의 몸이 마침내 어둠 속에 집어삼켜졌다.

콰앙!

절벽 아래가 폭발하듯이 터져 나갔다.

그리고 그 모습을 그저 멍하니 볼 수밖에 없었던 환야는 결국 무릎을 꿇으며 털썩 주저앉고야 말았다.

바닥에 고개를 파묻은 환야가 주먹으로 바닥을 때리기 시작했다.

쾅쾅!

손이 터지며 피가 흘러넘쳤지만 환야는 연신 주먹으로 바닥을 때려 댔다.

환야의 두 눈에서 뜨거운 눈물이 흘러내렸다.

"이 등신아! 머저리, 천치 바보 자식아!"

평소 달치가 싫어하는 말을 모조리 쏟아 내며 환야는 울부짖었다.

이 말을 듣고 달치가 화를 내며 나타나기를 간절히 바랐다. 허나 그건 헛된 바람에 불과했다.

이미 적들을 대동한 채로 절벽 아래로 떨어져 내린 달치가 이곳에 나타나는 일이 가능할 리가 없었으니까.

환야가 눈물을 머금은 얼굴로 절벽 아래를 바라봤다.

아무것도 보이지 않는 협곡 사이의 물줄기를 바라보며 환야가 비통한 목소리로 중얼거렸다.

"새끼야! 네가 죽으면…… 난 이제 누구랑 놀란 말이야."

말을 내뱉은 환야가 다시금 땅에 고개를 파묻었다.

달치에게 두 사람이 소중했던 것처럼 환야도 마찬가지였다.

달치는 환야에게 있어 유일한 지기였다.

오랜 시간을 함께해 오며 여전히 아웅다웅하는 사이였지만 그래도 가장 소중한 가족과도 같은 그런 사람.

그런 그를 잃었다는 사실에 환야는 괴로움에 몸부림쳤다.

그리고 그건 혁련휘도 마찬가지였다.

그는 달치가 사라진 절벽 아래를 말없이 응시할 뿐이었다. 붉게 물든 눈시울이 혁련휘의 지금 감정을 말해 주는 듯싶었다.

혁련휘가 입술을 깨문 채로 나지막이 중얼거렸다.

"달치야……."

시신조차 찾을 수 없게 저 아래로 떨어져 사라져 버린 그 이름을 되뇌며 혁련휘는 손으로 얼굴을 감싸 안았다.

손 틈 사이로 뜨거운 눈물이 조금씩 새어 나오고 있었다.

그리고 그때 쉼 없이 눈물을 쏟아 내던 환야가 절벽 너머로 시선을 돌렸다. 그곳에는 간신히 살아남은 십여 명 정도의 무인들이 자리하고 있었다.

그리고 그 안에 있는 우치의 모습도 똑똑히 들어왔다. 그들은 이쪽을 노려보고 있었지만 딱히 뭔가 할 수 있는 것이 없었다.

달치가 절벽을 박살 내 준 덕분에 저곳과의 거리는 아까의 곱절 이상은 멀어져 있었다. 이 정도의 거리라면 제아무리 우치라 해도 뛰어넘는 게 불가능했던 것이다.

분하다는 듯 이를 갈며 방방 뛰고 있는 우치를 바라보던 환야가 혁련휘를 업은 채로 천천히 일어섰다.

억장이 무너질 정도로 큰 슬픔에 쌓여 있었지만 가야만 한다.

혁련휘를 지켜야만 했으니까.

환야가 몸을 돌려 걸음을 옮기며 입을 열었다.

"대장, 부탁 하나만 해도 되겠습니까?"

"뭐?"

"저 새끼, 나중에 제가 죽이게 해 주십시오."

"……그렇게 해."

혁련휘는 등에 업힌 채로 고개를 끄덕였다.

환야의 목소리에 담긴 짙은 분노를 절절히 느낀 탓이다. 혁련휘의 대답이 떨어지자 환야가 고개를 끄덕이며 대답했다.

"감사합니다."

그 말을 내뱉으면서 환야의 두 볼로 뜨거운 눈물이 연신 흘러내렸다.

혁무조에 이어 달치까지.

혁련휘는 많은 것을 잃고 있었다.

*   *   *

혁련휘와 환야는 계속해서 도망치고 있었다.

쉴 틈 따위는 없었다. 신도율의 수하들은 절대 놓치지 않겠다는 듯 두 사람의 뒤를 쫓고 있었다. 달치 덕분에 시간을 벌긴 했지만 혁련휘나 환야 둘 모두 몸 상태가 좋지 못했다.

본래의 능력을 뿜어내지 못했기에 평소보다 이동 속도는 절반 이상은 느려져 있었다.

당연히 그 둘의 뒤를 쫓던 무인들은 시간이 갈수록 가까워지고 있었다.

열흘이 넘는 시간을 달렸다.

그 와중에 혁련휘는 조금 회복이 되긴 했지만, 그래도 무공을 사용하기엔 아직 몸 상태가 좋지 못했다. 몸의 회복이 더딘 건 당연한 결과였다.

둘 모두 쪽잠을 제외하고는 눈도 붙이지 못했고, 먹을 걸 제대로 챙겨 먹을 기회도 없었다.

큰 부상을 당하고도 제대로 휴식조차 하지 못하니 회복이 더딘 건 당연했다.

하루에 자는 시간이라고 해 봤자 잠시 발길을 멈추고 쉬는 반 시진도 안 되는 짧은 시간이 전부였다. 그리고 온종일 이어 달리고 있으니 둘 모두 몸 상태가 좋을 리 만무했다.

잠시나마 쉬기 위해 걸음을 멈춘 지금 환야는 옆에 있는 나무에 손가락으로 뭔가 무늬를 새기기 시작했다. 이건 다름 아닌 비파월에게 보내는 신호였다.

지금 이대로 부의민이 있는 변방까지 도망치는 건 무리다.

도움이 필요한 상황, 그랬기에 환야는 비파월에게 지속적으로 자신들의 위치를 알렸다. 비파월과 환야만 알 수 있는 특이한 무늬를 통해 자신들이 어느 길을 따라 움직이는지를 비파월에게 알린다.

그리고 이건 생각보다 많은 정보를 내포하고 있었다.

지금 자신이 움직이는 방향을 말해 주고 있으니 목적지가 어디인지 알 것이고, 그들의 정보력이라면 자신들이 부의민이 있는 변방으로 가고 있다는 사실을 분명 어렵지 않게 알아차릴 수 있을 것이다.

비파월은 곧바로 부의민에게 이 사실을 알렸을 테고, 그는 자신이 남긴 흔적을 따라 이동할 길목을 몇 개로 추렸을 것이다.

이미 열흘이 넘게 이런 일을 반복했으니 지금쯤이면 부의민도 병력을 이끌고 자신들을 위해 움직였을 거라 판단하고 있었다.

똑같은 무늬를 인근 몇 군데에 남긴 환야가 간절한 표정으로 그걸 바라봤다.

'부탁한다, 부의민.'

그가 움직여 자신들을 구하러 와야만 했다.

그렇지 않고서는 새외와 마주하고 있는 변방까지 무사히 도달하는 건 불가능에 가깝다. 어제만 해도 신도율의 수하들과 두 차례나 조우했다.

다행히 그리 뛰어나지 않은 자들이었기에 환야가 홀로 상대할 수 있긴 했지만…… 그 와중에서도 그는 부상을 입어 버렸다.

열흘이 넘게 쉼 없이 달려온 다리도, 그리고 이제는 감각이 있는지도 의심스러운 팔까지.

잘 움직이지 않는 손가락을 까닥여 보던 환야가 표정을 구긴 채로 중얼거렸다.

"한심하군."

달치는 목숨까지 버리며 자신들을 지켜 냈는데, 그렇게 해서 살아난 주제에 손가락 하나 마음대로 못 움직이는 꼴이라니.

자책 가득한 얼굴로 손을 내려다보던 환야는 이내 걸음을 옮겼다. 그리고 그곳에서 그리 멀지 않은 곳에는 혁련휘가 자리하고 있었다.

그는 나무에 기대어 앉아 눈을 감고 있었다.

짧은 시간이지만 조금이라도 더 회복을 하기 위해 운기조식을 하고 있는 것이다. 환야가 자리에 온 지 얼마 되지 않아 눈을 뜬 혁련휘가 입을 열었다.

"좀 쉬어."

"아닙니다, 대장. 바로 움직여야죠."

혁련휘의 말대로 잠시라도 몸을 바닥에 뉘이고 눈을 붙이고 싶은 마음이 가득했지만 아쉽게도 그럴 여유는 없었다. 신도율의 수하들과 더 가까워지기 전에 부의민과 조우해야만 했다.

만약에라도 우치가 다시금 나타난다면…….

상상을 하는 것만으로도 끔찍했는지 환야는 가볍게 고개를 저었다. 나름 말수가 많은 환야였지만 달치가 죽은 그날 이후로 그는 무척이나 침울했다.

혁련휘를 등에 업은 환야가 막 걸음을 옮기기 위해 몸을 돌렸을 때였다.

사라락.

바람이 밀려오는 소리, 그렇지만 그 속에 감추어진 진짜 소리를 혁련휘나 환야 모두 놓치지 않았다. 몸 상태가 안 좋아졌을 뿐이지, 감각마저 잃은 건 아니기 때문이다.

두 사람의 시선이 자연스레 뒤편으로 향했다.

그리고 그런 두 사람의 눈빛이 향해 있는 곳.

나무들 사이에서 누군가가 모습을 드러냈다.

모습을 드러낸 것은 염소수염을 한 사내였다. 눈은 뱀처럼 찢어져 있었고, 나이는 얼추 사십 대 중반 정도. 턱 부분부터 목까지 이어진 긴 화상 자국이 눈을 끄는 그자가 뒷머리를 긁적였다.

"알아차릴 줄은 몰랐는데."

"누구냐?"

환야가 혁련휘를 슬그머니 바닥에 내리며 물었다.

가벼운 걸음걸이, 그리고 특이한 움직임을 보며 환야는 이미 직감하고 있었다. 자신과 똑같은 부류의 인간이라는 것을.

그리고 환야의 예상은 적중했다.

"나? 십전염라(十錢閻羅)."

그의 별호를 듣는 순간 환야는 그자가 누군지 단번에 알아차렸다.

"사요림(死妖林)의 십전염라?"

"후후, 귀한 분께서 내 이름도 다 알아주시고. 영광이야."

사요림은 이름난 살수 집단이다.

그리고 그중에서도 십전염라는 사요림을 대표하는 살수다. 어릴 때부터 고작 동전 열 냥이면 사람을 죽였다고 하여 십전염라라는 별호를 지니게 된 그다.

혁련휘의 앞을 막아서고 있던 환야가 물었다.

"십전염라가 우리에게 무슨 볼일이지?"

"살수가 얼굴을 드러냈다는 게 무슨 의미겠어? 너희들의 목을 가져다주겠다는 의뢰를 받았다는 말 아니겠어?"

"고작 사요림 따위가 마교의 교주님을 건드리겠다는 건가. 뒷감당 되겠어?"

"하하! 예전이라면 안 됐겠지. 그렇지만 지금도 과연 그럴까?"

대답하는 십전염라의 얼굴엔 자신감이 가득했다.

이미 천하의 흐름이 바뀌었다.

그리고 지금 저 교주인 혁련휘의 목은 세상 그 어떠한 자의 것보다 비싼 값에 거래되고 있다. 그런 목을 놓친다는 건 십전염라의 자존심이 허락지 않았다.

십전염라가 자신의 특이하게 생긴 검을 뽑아 들었다.

그가 검을 뽑아 드는 것이 신호이기라도 했는지 몸을 감추고 있던 열 명의 살수들 또한 이곳으로 모습을 드러냈다.

하나하나가 모두 특별한 훈련을 받은 사요림의 정예들이었다.

그들은 무인과는 달랐다.

쓸데없는 힘 싸움이 아닌 깔끔하고 정확하게 목숨만을 취하는 살수들이다. 그런 그들이 혁련휘와 환야를 에워쌌다.

도망가지 못하게 만들겠다는 듯이.

환야는 태연한 표정을 짓고 있었지만 속내까지 그런 건 아니었다.

'……방법이 없을까?'

아직 손속을 겨루지 않았음에도 환야는 이미 이 싸움의 결과를 알고 있었다.

예전이라도 우습게 볼 상대는 아니었겠지만, 그래도 환야의 적수가 될 순 없는 자다. 아마 십여 합 이내로 승부가 났을 상대.

그렇지만 그런 몇 수 아래의 상대조차도 지금은 감당할 힘이 남아 있지 않았다.

이기기는커녕 몇 번 정도의 공격을 받아 낼 수 있을지도 자신할 수 없는 상황이다. 그런 환야를 향해 살수들이 생각할 틈도 주지 않고 몰아치기 시작했다.

슈슈슉.

주변을 빠른 속도로 돌기 시작한 열 명의 살수들이 동시에 환야를 향해 치고 들어왔다.

파파팡!

그들의 손에 들린 비수가 빠르게 환야의 전신을 파고들었다. 내공도 모자랐고, 상태도 좋지 않았지만 환야는 소매 속에서 나온 두 자루의 비수를 든 채로 그들의 협공을 재빠르게 받아쳤다.

경험에서 우러나오는 움직임이다.

탕탕!

재빠르게 막아 내는 걸로 모자라 오히려 한 명의 목을 공격까지 했던 환야의 움직임. 위험에 처했던 살수가 놀란 듯 뒷걸음질 치는 그 순간이었다.

쒜엑!

귀청을 울리는 소리에 환야는 전신의 신경을 곤두세웠다. 그리고 한쪽에서 십전염라의 특이한 검이 내공을 실은 채 날아들고 있었다.

그는 지금 환야의 상태를 정확히 파악했다.

내공을 제대로 쓰기 힘든 몸 상태, 이럴 때는 큰 내공으로 짓눌러 버리는 게 답이라 판단했다. 그랬기에 십전염라는 자신의 내공을 담아서 상대가 막기 힘든 공격을 날린 것이다.

환야는 두 손에 들린 자신의 비수를 황급히 교차시켜서 날아든 검을 막아 냈다.

아슬아슬하게 막아 내는 것까지는 성공했지만 내공에서 완전히 밀린 탓에 환야의 몸이 뒤로 밀려 나감과 동시에 손의 감각 또한 사라졌다.

투욱.

손이 의지를 벗어나 아래로 축 처지는 그 순간 검을 던졌던 십전염라가 날아들고 있었다. 그의 발이 빠르게 회전하며 치고 들어왔다.

보인다.

보이는데…… 피할 수가 없다.

'제발 움직여라! 제발!'

스스로의 손에게 빌듯이 외쳤지만 결국 그런 간절한 외침은 공염불이 되어 버렸다. 그의 손은 환야의 의지를 따르지 않았고, 날아드는 십전염라의 발이 비어 있는 가슴을 헤집었다.

퍼퍼퍽!

환야가 밀려 나가며 나뒹굴었다.

"쿨럭."

엎어진 채로 환야는 바닥으로 검붉은 피를 토해 냈다. 엉망이었던 속이 이제는 당장엔 손을 쓸 수 없을 정도로 심각한 상태가 되어 버렸다.

순식간에 환야를 쓰러트린 십전염라가 바닥에 착지한 채로 스윽 주변을 둘러봤다.

그러고는 사요림의 수하들을 향해 배우라는 듯이 말했다.

"잘들 봤어? 저렇게 엉망이 된 상대로 굳이 근접전을 펼쳐 줄 필요는 없어. 기본 실력이 있는 놈들이면 최후의 한 수를 펼칠 수도 있거든. 차라리 이렇게 내공으로 찍어 누른다면 변수는 없지."

십전염라의 말에 모두가 고개를 끄덕일 때였다.

환야의 상태가 이미 끝이라는 걸 파악한 그가 바닥에 떨어진 자신의 검을 주워 들고는 혁련휘를 향해 다가가기 시작했다. 바닥에 주저앉은 채로 이 싸움을 볼 수밖에 없었던 혁련휘가 등 뒤에 차고 있던 파멸혼을 꺼내어 들었다.

그러고는 바닥에 파멸혼을 꽂은 채로 그걸 지팡이 삼아 몸을 일으켜 세웠다.

그런 혁련휘를 바라보며 십전염라가 자신의 검에 슬그머니 혀를 가져다 댔다.

"이거야 원. 살다 보니 마교 교주를 죽이는 날이 다 오는군그래."

"……누가 죽을지는 아직 모르지."

그 말을 끝냄과 동시에 혁련휘는 남아 있는 모든 힘을 쥐어짰다. 그러자 순간적으로 파멸혼에 뇌기가 뿜어져 나왔다.

그리고 이내 거리가 가까워져 있던 십전염라를 향해 뇌신강림을 펼쳤다.

파앗!

갑작스럽게 밀려드는 특이한 공격에 십전염라가 놀란 듯 검을 치켜들었다.

그런데 두 개의 무기가 마주하는 그 순간이었다.

서컹!

소리와 함께 십전염라의 손에 들린 검이 두부처럼 잘려져 나갔다. 그리고 멈추지 않고 움직이던 파멸혼은 그대로 그를 향해 날아들었다.

허나 십전염라의 검을 반 토막 내는 그 순간 이미 혁련휘의 힘은 다해 있었다.

힘을 잃게 되자 파멸혼에 감싸여 있던 뇌기가 사라졌고, 동시에 휘둘러지던 속도 또한 느려졌다. 가까스로 피해 내는 데 성공한 십전염라는 다급히 내공이 실린 일장을 혁련휘에게 틀어박았다.

파앙!

그대로 뒤로 쓰러진 혁련휘의 몸이 튕기듯 허공으로 솟구쳤다가 다시 떨어져 내렸다.

바닥에 쓰러진 혁련휘의 입에서도 피가 쏟아져 나왔다.

쓰러진 혁련휘를 보고서도 십전염라는 아주 잠깐이나마 당황한 표정을 지어 보였다. 만약 조금이라도 더 힘이 남아 있었다면 방금 그 일격으로 자신의 가슴이 쪼개졌으리라.

거기에까지 생각이 이르자 일순 소름이 돋았다.

허나 이내 그는 그런 속내를 감추고 오히려 아무렇지 않았다는 듯 호탕하게 소리쳤다.

"이게 소문난 그 마교 교주의 실력이야? 볼품없기 그지

없군그래. 하하!"

말을 하면서도 뛰는 심장을 감추기 어려웠는지 십전염라
는 부러진 검을 바닥에 내팽개치고는 다른 쪽에 달아 두었
던 무기를 꺼내어 들었다.

서둘러 혁련휘를 죽이려 하는 것이다.

쓰러진 혁련휘를 향해 한 걸음씩 다가가는 걸 본 환야가
힘겹게 고개를 치켜들고 소리를 내질렀다.

"그분에게 손대지 마라!"

명령하듯 소리치는 환야의 목소리에 십전염라가 표정을
구겼다.

"대면 어쩔 건데?"

말을 마친 십전염라는 바닥에 쓰러져 있는 혁련휘의 가
슴에 자신의 발을 가져다 대고는 불을 끄듯 비벼 대기 시작
했다.

혁련휘의 표정이 일그러졌다.

그리고 환야는 거의 울 듯한 표정으로 혁련휘를 바라보
고 있었다. 그런 환야를 보며 재미있다는 듯 십전염라가 비
웃음을 흘렸다.

"어쩔 거냐니까? 지금 이렇게 내 발아래에서 네 주인이
죽어 가고 있잖아. 뭐라도 해야 하지 않겠어?"

비웃는 십전염라를 보면서 환야는 주먹을 강하게 움켜쥐

는 것이 고작이었다. 온몸이 의지를 벗어나 움직이지 않는
다.

분하다는 듯 땅에 머리를 파묻고 있던 환야는 이를 악물
었다.

'……이대로 죽을 수는 없다.'

자신들을 지키기 위해 죽은 달치의 얼굴이 떠올랐기 때
문이다.

두 사람을 지키기 위해 적들과 함께 스스로 죽음의 길로
떨어진 달치. 그런 그가 지금 자신의 모습을 본다면 뭐라고
할까?

달치에게 지금의 이런 부끄러운 모습을 보이고 싶지 않
았다.

그 생각이 드는 순간 움직이지 않던 환야의 손가락 끝이
움찔거리기 시작했다. 그가 힘겹게 땅을 짚으며 천천히 몸
을 일으켜 세웠다.

혁련휘를 바라보고 있던 십전염라는 갑작스러운 기척에
시선을 돌렸다가 자리에서 일어난 환야를 발견하고는 놀란
듯 눈을 치켜떴다.

시선이 마주하는 순간 피투성이인 입을 열며 환야가 말
했다.

"덤벼, 이 새끼야. 우리 대장을 죽이려면 나부터 죽여야

할 거다."

"……그런 부상을 당하고도 일어날 줄은 몰랐군그래."

대단하다는 듯한 말투.

그리고 실제로 십전염라는 크게 놀란 상황이었다.

손가락 하나 제대로 움직일 수 없는 상태였으니까.

그런데도 불구하고 저렇게 몸까지 일으켜 세울 줄이
야…… 대단한 정신력의 소유자임이 분명하다.

그렇지만 이내 십전염라의 입가에 잔인한 미소가 걸렸
다. 누구를 먼저 죽이든 상관은 없었지만 상대가 고통스러
워하는 걸 보는 건 꽤나 유쾌한 일이다.

재미있는 놀이가 생각났는지 십전염라가 손에 들린 검을
빙글빙글 돌리다가 이내 그걸 곤(│)자로 세우고는 자신의
가슴팍 부분에 가져다 댔다.

십전염라가 말했다.

"그런데 이걸 어쩌나?"

혁련휘를 향한 방향으로 검을 겨눈 그 상태에서 십전염
라는 환야에게 잔인한 미소를 지어 보였다.

"갑자기 네놈이 주인을 잃고 울부짖는 모습이 보고 싶어
졌거든."

"너어……!"

자리라도 박차고 달려가려고 했지만 둘 사이의 거리가

멀었다. 제아무리 빠르게 달려든다 해도 십전염라의 손에
들린 검이 혁련휘의 심장을 꿰뚫는 것이 먼저일 게다.

환야는 절망했다.

'어찌 이럴 수 있단 말이오.'

모두가 죽었다. 그리고 이제는 그나마 남아 있던 혁련휘
마저도 죽음이라는 길에 들어서고 있었다.

처음으로 신이라는 존재에게 환야는 원망이 들기 시작했
다.

환야가 고개를 치켜들었다.

저 하늘이…… 자신들을 버렸다.

좌절하는 환야의 모습을 곁눈질로 살피며 유쾌한 웃음을
흘리던 십전염라가 이내 자신의 아래쪽에 쓰러져 있는 혁
련휘에게 시선을 돌렸다.

죽을 것이 자명한 순간.

그렇지만 자신을 바라보는 혁련휘의 그 날카로운 눈동자
를 마주하는 순간 십전염라는 움찔하지 않을 수 없었다.

눈빛에서 전해지는 그 강인한 기운에 자신도 모르게 마
른침을 삼켰던 십전염라는 이내 검을 고쳐 잡았다.

겁을 먹을 필요는 없었다.

이미 둘 모두 시체나 다름없는 상태였으니 말이다.

십전염라가 목소리를 가다듬고는 차갑게 말했다.

"잘 가라고. 마교의 잘나신 교주님."

말과 함께 십전염라가 세워 두고 있던 검을 혁련휘의 심장에 박아 넣기 위해 막 자세를 잡았다. 그러고는 슬그머니 검을 움직이려는 바로 그 찰나.

파앙!

날아드는 강렬한 일장을 느낀 십전염라가 놀란 듯 검으로 자신의 가슴 부분을 보호했다. 그렇지만 그 힘이 얼마나 컸던지 그 상태 그대로 십전염라의 몸은 뒤로 수십 발자국 가까이 밀려 나갔다.

갑작스레 날아든 일격.

그리고 그 순간 멀리에서 하나의 목소리가 들려왔다.

"아무리 날씨가 풀렸다고 해도 이런 데서 주무시면 입 돌아가십니다…… 형님."

거짓말처럼 들려온 그리운 목소리.

그 목소리를 듣는 순간 놀란 혁련휘도, 힘겹게 버티고 선 채로 괴로워하던 환야도 고개를 돌려 소리가 난 쪽을 바라봤다.

그리고 그곳에서 한 여인이 모습을 드러내고 있었다.

얼마나 급히 왔는지 얼굴은 땀으로 범벅이다.

그렇지만 그 와중에서도 주변을 밝히는 환한 미소를 머금고 있는 너무나 아름다운 여인.

비설, 그녀가…… 그곳에 있었다.

혁련휘가 믿을 수 없다는 듯 입을 열어 그녀의 이름을 불렀다.

"비……설?"

들려오는 혁련휘의 목소리에 비설은 입술을 깨물었다.

얼마나 보고 싶었던 사람인가.

얼마나 듣고 싶었던 목소리였단 말인가.

허나 엉망이 된 혁련휘의 모습에 마음이 저려 온다. 그리고 동시에 화도 치민다. 소중한 저 사람을 저리 만든 그 모두에게.

그렇지만 그런 속내를 감춘 채로 비설은 오히려 씩씩하게 말했다.

"네, 형님. 제가 돌아왔습니다. 헤어질 때 기다려 달라 말씀드렸던 반년보다 훨씬 앞당겼죠? 기특하지 않으세요? 칭찬 좀 많이 해 주셔야 할 거예요. 엄청 힘들었거든요."

말을 해 오는 비설을 보면서도 믿기지가 않는지 혁련휘가 고개를 흔들며 물었다.

"내가 지금 보는 게 환영은 아니겠지?"

"물론이죠. 형님이 보고 싶어서 그 먼 곳에서 이곳까지 한달음에 달려온 진짜라고요. 그러니까 걱정하지 마세요."

비설이 자미쌍검을 든 채로 혁련휘를 지키기 위해 다가

왔다.

그녀의 입에서 흔들림 없는 목소리가 흘러나왔다.

"제가 있는 한…… 그 누구도 형님에게 손끝 하나 대지 못하니까요."

〈다음 권에 계속〉